Philippe Besson

Philippe Besson est un écrivain, scénariste, dramaturge. *En l'absence des hommes*, son premier roman, publié en 2001, est couronné par le Prix Emmanuel-Roblès. Depuis lors, il construit une œuvre au style à la fois sobre et raffiné. Il est l'auteur, entre autres, de *Son frère*, adapté au cinéma par Patrice Chéreau, de *L'Arrière-Saison* (Grand Prix RTL-*LiRE* 2003), d'*Un garçon d'Italie* et de *La Maison atlantique*. En 2017, il publie *« Arrête avec tes mensonges »*, couronné par le Prix Maison de la Presse. Il revient à l'autofiction en 2019 avec *Un certain Paul Darrigrand*, puis *Dîner à Montréal*. Ses romans sont traduits dans vingt langues.

« ARRÊTE
AVEC TES MENSONGES »

DU MÊME AUTEUR
CHEZ POCKET

« ARRÊTE AVEC TES MENSONGES »

UN CERTAIN PAUL DARRIGRAND

DÎNER À MONTRÉAL

PHILIPPE BESSON

« ARRÊTE AVEC TES MENSONGES »

Julliard

Pocket, une marque d'Univers Poche,
est un éditeur qui s'engage pour la préservation
de l'environnement et qui utilise du papier fabriqué
à partir de bois provenant de forêts gérées
de manière responsable.

Le Code de la propriété intellectuelle n'autorisant, aux termes des paragraphes 2 et 3 de l'article L. 122-5, d'une part, que les « copies ou reproductions strictement réservées à l'usage privé du copiste et non destinées à une utilisation collective » et, d'autre part, sous réserve du nom de l'auteur et de la source, que les « analyses et les courtes citations justifiées par le caractère critique, polémique, pédagogique, scientifique ou d'information », toute représentation ou reproduction intégrale ou partielle, faite sans le consentement de l'auteur ou de ses ayants droit ou ayants cause, est illicite (article L. 122-4).
Cette représentation ou reproduction, par quelque procédé que ce soit, constituerait donc une contrefaçon sanctionnée par les articles L. 335-2 et suivants du Code de la propriété intellectuelle.

© Éditions Julliard, Paris, 2017
ISBN 978-2-266-30642-3
Dépôt légal : juin 2020

*À la mémoire de Thomas Andrieu
(1966-2016)*

« Il n'y avait pas à attiser le désir. Il était déjà là dès le premier regard ou bien il n'avait jamais existé. Il était l'intelligence immédiate du rapport de sexualité ou bien il n'était rien. »

Marguerite Duras, *L'Amant*

« Il dit : j'avais décidé de ne plus aimer les hommes, mais toi tu m'as plu. »

Hervé Guibert, *Fou de Vincent*

« J'ai conclu avec une irrévocabilité pénible que le temps du tout est possible était terminé, faire ce qu'on veut quand on veut, c'était de l'histoire ancienne. Le futur n'existait plus. Tout était dans le passé et allait y rester. »

Bret Easton Ellis, *Lunar Park*

Un jour, je peux dire quand exactement, je connais la date, avec précision, un jour je me trouve dans le hall d'un hôtel, dans une ville de province, un hall qui fait office de bar également, je suis assis dans un fauteuil, je discute avec une journaliste, entre nous une table basse, ronde, la journaliste m'interroge au sujet de mon roman, *Se résoudre aux adieux*, qui vient de sortir, elle me pose des questions sur la séparation, sur écrire des lettres, sur l'exil qui répare ou non, je réponds, je sais les réponses à ces questions-là, je réponds sans faire attention presque, les mots viennent facilement, machinalement, si bien que mon regard se promène sur les gens qui traversent le hall, les allées et venues, les arrivées et les départs, j'invente des vies à ces gens qui s'en vont, qui s'en viennent, je tâche d'imaginer d'où ils arrivent, où ils repartent, j'ai toujours aimé faire ça, inventer des vies à des inconnus à peine croisés, m'intéresser à des silhouettes, c'est presque une manie, il me semble que ça a commencé dès l'enfance, oui c'était là dans le plus jeune âge, maintenant je me souviens, cela inquiétait ma mère, elle disait : arrête avec tes mensonges, elle disait mensonges à la place d'histoires, ça m'est resté, donc des années après je continue, je forme des hypothèses tout en répondant aux questions, en parlant de la douleur des femmes quittées, ce sont deux choses que je sais dissocier, que je peux faire au même moment, quand j'aperçois un homme de dos, traînant derrière lui une valise à roulettes, un homme jeune se préparant à sortir de l'hôtel, la jeunesse elle émane de son allure, de sa tenue, et je suis aussitôt écrasé par cette image, parce que c'est une image impossible, *une image qui ne peut pas exister*, je pourrais me tromper bien sûr, après tout je ne vois pas le visage, je suis dans l'incapacité de le voir là où je suis assis, mais c'est comme si j'étais certain de ce visage, comme si je savais à quoi l'homme ressemble, et je le redis : c'est impossible, littéralement impossible, et pourtant je lance un prénom, Thomas, je le crie plutôt, Thomas, et la journaliste en face de moi en est effrayée, elle était penchée sur son carnet, occupée à griffonner des notes, à recopier mes paroles, et voilà qu'elle relève la tête, ses épaules se contractent, comme si j'avais crié sur elle, je devrais m'en excuser mais je ne le fais pas, happé par l'image en mouvement, et attendant que le prénom crié produise son effet, mais l'homme ne se retourne pas, il poursuit son chemin, je devrais en déduire que je me suis trompé, cette fois pour de bon, que tout n'a été que mirage, que le va-et-vient a provoqué ce mirage, cette illusion, mais non, je me lève, d'un bond, je pars à la poursuite du fuyant, je ne suis pas mû par le besoin de vérifier, car à cet instant-là je suis encore convaincu d'avoir raison, d'avoir raison contre la raison, contre l'évidence, je rattrape l'homme sur le trottoir, je pose ma main sur son épaule, il se retourne et.

Chapitre un

1984

C'est la cour de récréation d'un lycée, une cour goudronnée cernée de bâtiments anciens aux fenêtres larges et hautes, à la pierre grise.

Des adolescents, sac à dos ou cartable posé aux pieds, discutent par petits groupes, les filles avec les filles, les garçons avec les garçons. Si on observe attentivement, on repérera un surveillant, à peine plus âgé.

C'est l'hiver.

On le voit aux branches nues d'un arbre planté là, au milieu, qu'on croirait mort, au givre sur les fenêtres, à la buée qui s'échappe des bouches, aux mains qu'on frotte pour se réchauffer.

C'est le milieu des années quatre-vingt.

Ça, on le devine aux vêtements, des jeans hyper-ajustés, délavés à la Javel, constellés de taches claires, à la taille haute, des pulls à motifs ; les filles portent parfois des jambières en laine, de couleur, tombant sur les chevilles.

J'ai dix-sept ans.

Je ne sais pas que je n'aurai plus jamais dix-sept ans, je ne sais pas que la jeunesse, ça ne dure pas, que ça n'est qu'un instant, que ça disparaît et quand on s'en rend compte il est trop tard, c'est fini, elle s'est volatilisée, on l'a perdue, certains autour de moi le pressentent et le disent pourtant, les adultes le répètent, mais je ne les écoute pas, leurs paroles roulent sur moi, ne s'accrochent pas, de l'eau sur les plumes d'un canard, je suis un idiot, un idiot insouciant.

Je suis élève en terminale C au lycée Élie-Vinet de Barbezieux.

Ça n'existe pas, Barbezieux.

Énonçons autrement. Nul ne peut dire : je connais cet endroit, je suis capable de le situer sur une carte de France. À part peut-être les lecteurs, et ils sont de plus en plus rares, de Jacques Chardonne, natif de la ville, et qui en a vanté l'improbable « bonheur ». Ou ceux, ils sont plus nombreux, mais ont-ils de la mémoire, qui empruntaient la nationale 10, naguère, pour se rendre en vacances, au début du mois d'août, en Espagne ou dans les Landes, et se retrouvaient systématiquement bloqués dans les embouteillages, là, précisément, à cause d'une succession mal pensée de feux tricolores et d'un rétrécissement de la chaussée.

C'est en Charente. À trente kilomètres au sud d'Angoulême. C'est presque la fin du département, presque la Charente-Maritime, presque la Dordogne. Des terres calcaires propices à la culture de la vigne ; pas comme celles qui lorgnent vers le Limousin, argileuses, froides. Un climat océanique ; les hivers sont doux et pluvieux, il n'y a pas toujours d'été. Du plus loin que je me souvienne, c'est le gris qui domine ; l'humidité. Des vestiges gallo-romains, des églises, des châteaux ; le nôtre ressemble à un château fort, mais qu'y avait-il à défendre alors ? Autour : des collines ; on raconte que le paysage est vallonné. Et puis, c'est à peu près tout.

Je suis né là. À l'époque, on avait encore une maternité. Elle a fermé il y a de nombreuses années. Plus personne ne naît à Barbezieux, la ville est vouée à disparaître.

Et qui connaît Élie Vinet ? On prétend qu'il fut le professeur de Montaigne, même si ce point n'a jamais été sérieusement établi. Disons qu'il fut un humaniste du XVIe, un traducteur de Catulle, et le principal du collège de Guyenne à Bordeaux. Et que le hasard le fit naître à Saint-Médard, une enclave de Barbezieux. On a donné son nom au lycée. On n'a pas trouvé mieux que lui.

Enfin, qui se rappelle les terminales C ? On dit S aujourd'hui, je crois. Même si ce sigle ne recouvre pas la même réalité. C'étaient les classes de mathématiques, prétendument les plus sélectives, les plus prestigieuses, celles qui ouvraient les portes des prépas, qui pouvaient conduire aux grandes écoles, alors que les autres condamnaient à l'université ou aux études professionnelles achevées en deux ans ; ou s'arrêtaient là, comme dans un cul-de-sac.

Donc je suis d'une époque révolue, d'une ville qui meurt, d'un passé sans gloire.

Qu'on me comprenne : je ne m'en désole pas. C'est ainsi. Je n'ai rien choisi. Comme tout le monde. Je fais avec.

De toute façon, à dix-sept ans, je n'ai pas une conscience aussi claire de la situation. À dix-sept ans, je ne rêve pas de modernité, d'ailleurs, de firmament.

Je prends ce qu'on me donne. Je ne nourris aucune ambition, ne suis porté par aucune détestation, je ne connais même pas l'ennui.

Je suis un élève exemplaire, qui ne rate jamais un cours, qui obtient presque toujours les meilleures notes, qui fait la fierté de ses professeurs. Aujourd'hui, je le giflerais, ce gamin de dix-sept ans, non pas à cause de ses bons résultats mais parce qu'il cherche seulement à complaire à ses juges.

Je me trouve dans la cour de récréation, avec les autres. C'est l'heure de la pause. Je sors de deux heures de philo (« Peut-on à la fois admettre la liberté de l'homme et supposer l'existence de l'inconscient ? », on nous a affirmé : voilà typiquement le genre de sujet qui peut tomber au bac). M'attend un cours de sciences naturelles. Le froid me pique les joues. Je porte un pull jacquard où le bleu domine. Un pull informe, que je mets trop souvent, qui peluche. Un jean, des baskets blanches. Et des lunettes. C'est nouveau. Ma vue a baissé brutalement l'année d'avant, je suis devenu myope en quelques semaines sans qu'on sache pourquoi, on m'a ordonné le port de lunettes, j'ai obéi, pas pu faire autrement. J'ai des cheveux bouclés, fins, des yeux qui tirent sur le vert. Je ne suis pas beau mais je provoque l'attention ; ça, je le sais. Pas à cause de mon apparence, non, du fait de mes résultats, on murmure : il est brillant, très au-dessus des autres, il ira loin, comme son frère, c'est des cadors dans la famille, on est dans un lieu, un moment où beaucoup ne vont nulle part, cela m'attire autant de sympathie que d'antipathie.

Je suis ce jeune homme-là, dans l'hiver de Barbezieux.

Ceux qui m'accompagnent se nomment Nadine A., Geneviève C., Xavier C. Leurs visages sont gravés dans ma mémoire, quand tant d'autres, plus récents, l'ont désertée.
Pourtant, ce n'est pas à eux que je m'intéresse.
Mais à un garçon au loin, adossé à un des murs, flanqué de deux types de son âge. Un garçon aux cheveux en broussaille, à la barbe naissante, au regard sombre. Un garçon d'une autre classe. De terminale D. Un autre monde. Entre nous, une frontière infranchissable. Peut-être du mépris. Au moins du dédain.
Et moi, je ne vois que lui, le garçon longiligne et distant, qui ne parle pas, qui se contente d'écouter les deux types, sans ponctuer, sans même sourire.
Je sais son nom. Thomas Andrieu.

Que je vous dise : je suis le fils de l'instituteur, du directeur d'école.
Du reste, j'ai grandi dans une école primaire à huit kilomètres de Barbezieux ; au rez-de-chaussée la classe unique du village, au premier étage l'appartement qui nous avait été attribué.
Mon père a été mon maître de la maternelle au CM2. Sept années à recevoir ses enseignements, lui en blouse grise, nous derrière nos pupitres de bois, sept années chauffées par un poêle à mazout, avec aux murs des cartes de France, de la France d'avant, une France avec ses fleuves et ses affluents, avec les noms des villes écrits dans des tailles proportionnelles à leur population, éditées par la librairie Armand Colin, et

derrière les fenêtres l'ombre portée de deux tilleuls, sept années à lui dire « Monsieur » et « vous » pendant les heures de cours, non parce qu'il me l'avait demandé, mais pour ne pas me distinguer, me dissocier de mes camarades, et aussi parce qu'il incarnait l'autorité, ce père-là, l'autorité qui ne se discute pas. Après l'école, je restais dans la salle de classe avec lui, pour faire mes devoirs tandis qu'il préparait les leçons du lendemain, traçant dans son grand cahier à carreaux des traits horizontaux et verticaux, remplissant les cases de sa belle écriture régulière. Il allumait la radio, il écoutait « Radioscopie » de Jacques Chancel. Je n'ai pas oublié. Je viens de cette enfance.

Mon père m'ordonnait d'avoir de bonnes notes. Je n'avais pas le droit d'être médiocre, ni même moyen. Je devais être le meilleur, tout simplement. Il n'y avait qu'une place, la première. Il affirmait que le salut venait des études, que seules les études permettaient de « monter dans l'ascenseur ». Il voulait les grandes écoles pour moi, rien d'autre. J'ai obéi. Comme pour les lunettes. Bien obligé.

Je suis retourné récemment dans ce lieu de mon enfance, ce village où je n'avais pas mis les pieds depuis tant d'années. J'y suis retourné avec S., pour qu'il *sache*. Si la grille est toujours là, avec sa glycine tombante, les tilleuls ont été coupés et l'école, elle, a fermé – depuis longtemps. On y a installé des logements. J'ai montré du doigt la fenêtre de ma chambre. J'ai tâché d'imaginer les nouveaux occupants, je n'y suis pas parvenu. Après, nous avons repris la voiture et je lui ai montré le bourg où tous les deux jours passait un camion de livraison, un vieux fourgon Citroën qui faisait office de supérette ambulante, l'étable où nous allions chercher le lait, l'église décrépie, le petit cimetière en pente, la forêt où poussaient les cèpes au début d'octobre. Il n'imaginait pas que je puisse venir de cela, ce monde si rural, si minéral, ce monde lent, presque immobile, fossilisé. Il m'a dit : il a dû t'en falloir, de la volonté, pour t'élever. Il n'a pas dit : ambition, courage ou haine. Je lui ai dit : c'est mon père qui a voulu pour moi. Moi, je serais bien resté dans cette enfance, ce coton.

Thomas Andrieu, j'ignore de qui il est le fils, et même si ça a la moindre importance. J'ignore où il habite. À ce moment-là, je ne sais rien de lui. Sauf la terminale D. Et les cheveux en broussaille, le regard sombre.
Son nom, je le connais parce que j'ai fini par me renseigner. Comme ça, un jour, l'air de rien, sur le ton le plus désinvolte, avant de passer à autre chose. Mais je ne me suis renseigné sur rien de plus.
Je ne veux surtout pas qu'on sache que je m'intéresse à lui. Car je ne veux surtout pas qu'on se demande *pour quelle raison* je m'intéresserais à lui.
Parce que se poser cette question ne ferait qu'alimenter la rumeur qui court à mon sujet. On prétend que je « préfère les garçons ». On constate que j'ai des gestes de fille parfois. Et puis je ne suis pas bon en sport, nul en gymnastique, incapable de lancer le poids, le javelot, pas intéressé par le foot, le volley. Et j'aime les livres, je lis beaucoup, on me voit souvent sortant de la bibliothèque du lycée, un roman entre les mains. Et on ne me connaît aucune petite amie. Cela suffit pour bâtir une réputation. J'ajoute que l'insulte

fuse régulièrement, le « sale pédé » (parfois, c'est simplement « tapette »), crié de loin ou murmuré sur mon passage, et je m'emploie à l'ignorer absolument, à ne jamais y répondre, à manifester en retour la plus parfaite indifférence, comme si je n'avais pas entendu (comme s'il était possible que je n'entende pas !). Ce qui aggrave mon cas : un hétérosexuel pur et dur ne laisserait jamais dire ce genre de choses, il démentirait avec véhémence, il casserait la gueule à l'émetteur de l'insulte. Laisser dire, c'est confirmer.

Évidemment, je « préfère les garçons ».
Mais je ne suis pas encore capable de prononcer cette phrase.
J'ai découvert mon orientation très tôt. À onze ans, je savais. À onze ans, j'avais compris. Mon attirance se porte alors sur un garçon du village, prénommé Sébastien, plus âgé que moi de deux ans. La maison qu'il habite non loin de la nôtre possède une dépendance, une sorte de grange. À l'étage, après avoir emprunté un escalier de fortune, on pénètre dans une pièce où l'on range tout et n'importe quoi. Il y a même un matelas. C'est sur ce matelas que je roule la première fois, enlacé à Sébastien. Nous ne sommes pas pubères encore mais nous avons déjà la curiosité du corps de l'autre. Le premier sexe masculin que je tiens dans ma main, c'est le sien. Le premier baiser, c'est lui qui me le donne. La première étreinte, peau contre peau, c'est avec lui.
À onze ans.
Il nous arrive aussi d'aller nous réfugier dans la caravane de mes parents, qu'on laisse dans un garage attenant, à la morte-saison (à partir du printemps, on

l'installe dans le camping GCU de Saint-Georges-de-Didonne, on va passer le week-end là-bas, on marche sur la plage, on achète des churros sur le front de mer et des crevettes grises au marché qui finissent dans des bols à l'heure de l'apéritif). Je sais où est la clé. Ça sent le renfermé, il fait sombre, les gestes peuvent se faire plus précis, nous ne sommes retenus par aucune pudeur.

Aujourd'hui, je suis frappé par notre précocité parce qu'à l'époque, il n'y a pas Internet, pas même de cassettes vidéo, pas Canal Plus, nous n'avons jamais vu de porno, et cependant nous savons faire, nous savons nous y prendre. Il y a des choses qu'on n'a pas besoin d'apprendre, même enfant. À la puberté, nous serons encore plus imaginatifs. Elle viendra vite.

Je ne suis pas du tout catastrophé par cette révélation. Au contraire, elle m'enchante. D'abord, parce qu'elle se joue à l'abri des regards et que les enfants raffolent des jeux secrets, de la clandestinité qui renvoie les adultes à l'écart. Ensuite, parce que je ne vois pas de mal à se faire du bien ; je prends du plaisir avec Sébastien, je ne peux pas concevoir d'associer le plaisir à une faute. Enfin, parce que je devine que cette situation scelle ma différence. Ainsi, je ne ressemblerai pas à tous les autres. Je me distinguerai enfin. Je cesserai d'être l'enfant modèle. Je n'aurai pas à suivre la meute. D'instinct, je déteste les meutes. Cela ne m'a pas quitté.

Plus tard, donc, j'affronte la violence que provoque cette différence supposée. J'entends les fameuses insultes, au moins les insinuations fielleuses. Je vois les gestes efféminés qu'on surjoue en ma présence, les poignets cassés, les yeux qui roulent, les fellations qu'on mime. Si je me tais, c'est pour ne pas avoir à affronter cette violence. De la lâcheté ? Peut-être. Une manière de me protéger, forcément. Mais jamais je ne dévierai. Jamais je ne penserai : c'est mal, ou : j'aurais mieux fait d'être comme tout le monde, ou : je vais leur mentir afin qu'ils m'acceptent. Jamais. Je m'en tiens à ce que je suis. Dans le silence certes. Mais un silence têtu. Fier.

J'ai retenu le nom. Thomas Andrieu.
Je trouve que c'est un beau nom, une belle identité. Je ne sais pas encore qu'un jour, j'écrirai des livres, que j'inventerai des personnages, qu'il me faudra donner des noms à ces personnages, mais je suis déjà sensible à la sonorité des identités, à leur fluidité. Je sais, en revanche, que les prénoms parfois trahissent une origine sociale, un milieu, et qu'ils ancrent ceux qui les portent dans une époque.
Je découvrirai que Thomas Andrieu est finalement une identité trompeuse.
D'abord, Thomas n'est pas un prénom souvent donné au milieu des années soixante (puisque « mon » Thomas aura dix-huit ans en 1984). Les garçons s'appellent plutôt Philippe, Patrick, Pascal ou Alain. Dans les années soixante-dix, ce sont les Christophe, les Stéphane, les Laurent qui l'emporteront. Au fond, les Thomas ne feront réellement leur percée que dans les années quatre-vingt-dix. Ainsi le garçon aux yeux noirs est en avance sur son temps. Ou ses parents, plutôt, le sont. Voilà ce que j'en déduis. Pourtant, là encore, je découvrirai

qu'il n'en est rien. Le prénom était celui d'un grand-père décédé prématurément, voilà tout.

Ensuite, Andrieu est une énigme. Cela peut être un nom de général, d'homme d'Église ou de paysan. Tout de même, il me semble que c'est un nom terrien, sans que je sache très bien le justifier.

Bref, je peux tout imaginer. Et je ne m'en prive pas. Certains jours, T.A. est un enfant bohème, issu d'une famille qui aura eu de la sympathie pour Mai 68. D'autres jours, il est un fils de bourgeois, légèrement dévergondé, comme le sont parfois les rejetons qui veulent embêter leurs parents coincés.

Ma manie d'inventer des existences ; je vous ai parlé de ça.

En tout cas, j'aime me répéter le prénom en secret, en silence. J'aime l'écrire sur des bouts de papier. Je suis bêtement sentimental ; ça n'a pas tellement changé d'ailleurs.

Donc, ce matin-là, je me tiens dans la cour de récréation et j'observe à la dérobée Thomas Andrieu.

C'est un moment qui s'est déjà produit, qui a eu lieu avant. À de nombreuses reprises, j'ai jeté des coups d'œil dans sa direction, brièvement. Il m'est arrivé aussi de le croiser dans les couloirs, de le voir venir comme à ma rencontre, de le frôler, de le sentir s'éloigner dans mon dos sans se retourner. Je me suis retrouvé à la cantine à la même heure que lui, lui déjeunait avec des gens de sa classe, mais nous n'avons jamais partagé la même table ; les classes ne se mélangent guère. Une fois, je l'ai repéré tandis qu'il se tenait sur l'estrade, pendant un cours, il devait faire un exposé et certaines salles de cours sont vitrées ;

cette fois-là, j'ai ralenti le pas, il ne pouvait pas me remarquer, trop occupé à faire son exposé, je l'ai détaillé parce qu'il ne pouvait rien soupçonner de mon manège. Parfois, également, il s'assoit sur les marches devant le lycée et fume une cigarette ; j'ai surpris son regard aveugle tandis que la fumée s'évapore de sa bouche. Le soir, je l'ai vu quitter le lycée, se diriger vers le Campus, ce bar qui jouxte l'établissement et fait le croisement avec la nationale 10, y entrer pour y rejoindre des amis à lui probablement. En passant devant les fenêtres du bar, je l'ai reconnu en train d'avaler une bière, de jouer au flipper. Je me souviens du mouvement de ses hanches contre le flipper.

Mais aucune parole n'est advenue ; aucun contact. Même par inadvertance. Même par accident.

Et je me suis toujours arrangé pour ne pas m'attarder, ne pas susciter son étonnement ou son inconfort d'être dévisagé.

Je songe : il ne me connaît pas, pas du tout. Bien sûr, il m'a sans doute aperçu mais rien ne s'est fixé dans sa mémoire, pas la moindre image. Peut-être la rumeur qui court sur moi lui est-elle venue aux oreilles mais jamais il ne s'est mêlé à ceux qui me sifflent, me brocardent. Aucune chance non plus qu'il ait entendu les éloges que les professeurs m'adressent ; il doit s'en moquer éperdument.

Je suis pour lui un étranger.

Je suis dans ce désir à sens unique. Dans cet élan voué à demeurer inabouti. Dans cet amour non partagé.

Je le sens, ce désir, il fourmille dans mon ventre, parcourt mon échine. Mais je dois en permanence le contenir, le comprimer afin qu'il ne saute pas aux yeux des autres. Car j'ai déjà compris que le désir est visible.

L'élan aussi, je le sens. Je devine un mouvement, une trajectoire, quelque chose qui me porte vers lui, qui me ramène à lui, tout le temps. Mais il me faut rester immobile. Me retenir.

Le sentiment amoureux, il me transporte, il me rend heureux. Mais il me brûle aussi, il m'est douloureux, comme sont douloureuses toutes les amours impossibles.

Car, de cette impossibilité, j'ai une conscience aiguë.

La difficulté, on peut s'en accommoder ; on déploie des efforts, des ruses, on tente de séduire, on se fait beau, dans l'espoir de la vaincre. Mais l'impossibilité, par essence, porte en soi notre défaite.

Ce garçon, *à l'évidence*, n'est pas pour moi.

Et même pas parce que je ne serais pas assez séduisant, pas assez attirant. Simplement parce qu'il est perdu pour les garçons. Il n'est pas fait pour eux, pour ceux *comme moi*. Ce sont les filles qui le gagneront.

D'ailleurs, elles tournent autour de lui. Elles s'approchent, cherchent son attention, sa présence. Même celles qui affectent de l'indifférence la feignent en réalité, n'ayant pour objet que de remporter ses faveurs.

Lui, il les regarde faire. Il sait qu'il plaît. Les gens qui plaisent le savent. C'est comme une certitude tranquille.

Il les laisse s'avancer quelquefois. Je l'ai déjà aperçu dans une proximité avec certaines d'entre elles ; souvent elles étaient jolies. J'ai aussitôt éprouvé la morsure d'une jalousie fugace. Et celle de l'impuissance.

Cela étant, la plupart du temps, il les tient à distance. Il me semble qu'il préfère la compagnie de ses congénères, de ses semblables. Que son goût de l'amitié, ou de la camaraderie l'emporte sur toute autre considération. Je ne manque pas cependant d'en être surpris, précisément parce qu'il pourrait facilement utiliser l'arme de sa beauté, parce qu'il est à l'âge des conquêtes, parce qu'on peut vouloir impressionner les autres en les multipliant. Sa réticence ne suffit pas néanmoins à me faire nourrir une secrète espérance. Elle me le rend juste plus sympathique encore. Parce que j'admire ceux qui n'exercent pas le pouvoir dont ils disposent.

Il a du goût pour la solitude aussi, c'est patent. Il fume seul. Parle peu. Il a surtout cette attitude, corps cassé contre un mur, regard tourné vers le sol, vers ses tennis, cette manière d'être absent au monde.

Je crois que je l'aime pour cette solitude. Que c'est même précisément elle qui m'a d'abord poussé vers lui. J'aime son retranchement, sa séparation d'avec le dehors autant que son défaut de peur. Pareille singularité m'émeut, me fait ployer.

Mais revenons à ce matin-là, de l'hiver 1984, un hiver de vents violents, d'intempéries, de naufrages dans la Manche, de tempêtes de neige sur les reliefs, on voit les images au journal de huit heures (on dit huit encore, pas vingt).

Un matin qui devrait ressembler à tous les autres, empreint de mon désir stérile, de son ignorance de moi.

Sauf que les choses ne se passent pas comme prévu.

Alors que la pause tire à sa fin, que la reprise des cours va sonner, que certains élèves commencent à regagner les couloirs, à abandonner le froid piquant de la cour de récréation, les conversations autour de la politique, des programmes de télévision, des prochaines vacances de février, alors que Nadine, Geneviève et Xavier s'éloignent pour aller récupérer leurs cartables en salle polyvalente, me laissant seul, accroupi, affairé à chercher un ouvrage de sciences naturelles dans le désordre de mon sac à dos, je devine soudain une présence, à côté de moi. Je reconnais immédiatement les tennis blanches, et c'est une crucifixion, je relève lentement la tête en direction du garçon qui me surplombe ; derrière lui, un ciel bleu sans taches et les rais d'un soleil froid. Thomas Andrieu est seul, lui aussi, ses camarades sont probablement en train d'emprunter les escaliers en direction d'une salle de cours, plus tard il dira qu'il a inventé un prétexte afin qu'ils partent devant, qu'ils ne l'attendent pas, devoir se rendre au CDI pour retirer une revue, quelque chose comme ça. Il se tient debout dans le froid hivernal, je suis à ses pieds. Je me relève, inquiet, stupéfait, et m'efforçant pourtant de ne rien montrer de cette inquiétude, de cette stupéfaction. Je songe qu'il pourrait m'asséner un coup de poing, oui cette idée traverse mon esprit, lui me défonçant la gueule sans témoin, j'ignore pourquoi il ferait une chose pareille, peut-être parce que les insultes ne suffisent plus et qu'il faut passer à l'acte, en tout cas je me dis que c'est de l'ordre du possible, que ça peut se produire ; ça en dit long sur l'antipathie que je crois provoquer. Et sur mon aveuglement aussi.

Car il dit calmement : je n'ai pas envie d'aller à la cantine ce midi. On pourrait manger un sandwich en ville. Je connais un endroit. Il donne une adresse. Une heure précise. Je le dévisage. Je dis : j'y serai. Il baisse lentement les paupières ; il y a ça, ses yeux clos, l'espace d'une seconde, comme un soulagement, une confirmation. Et s'éloigne, sans rien ajouter. Je reste avec mon livre de biologie entre les mains, stupide, avant de m'accroupir à nouveau, refermer mon sac à dos. Je sais que cette scène vient de se produire, je ne suis pas fou et, cependant, elle me semble *invraisemblable*. Je scrute le goudron, j'entends la solitude se faire autour de moi, le dépeuplement de la cour de récréation, le silence gagner.

Longtemps, je repenserai à ce moment, celui où le jeune homme vient, d'un pas assuré. J'y repenserai comme à un interstice idéal, à une fenêtre de tir extraordinairement brève, à une opportunité quasiment improbable. J'aurais pu ne pas me retrouver délaissé par mes amis, il aurait pu ne pas convaincre les siens de le devancer, le moment n'aurait pas eu lieu. Il aurait suffi de presque rien.

Je tâche de mesurer la part de hasard, la part de chance, d'évaluer la nature de l'aléa qui conduit à la rencontre et je n'y réussis pas. On est dans l'impondérable. (Ultérieurement, il me confiera qu'il a attendu plusieurs fois cette configuration parfaite avant de s'approcher mais qu'elle ne s'était jamais produite. Jusqu'à ce matin-là.)

J'écrirai souvent, des années après, sur l'impondérable, sur l'imprévisible qui détermine les événements.

J'écrirai également sur les rencontres qui changent la donne, sur les conjonctions inattendues qui modifient le cours d'une existence, les croisements involontaires qui font dévier les trajectoires.

Ça commence là, dans l'hiver de mes dix-sept ans.

À l'heure dite, je pousse la porte du café.

C'est à la sortie de la ville. Je suis surpris par le choix d'un tel lieu, qui n'est pas du tout central, pas du tout facile d'accès. Je pense : il doit affectionner les lieux à l'écart de l'agitation. Je n'ai pas encore compris qu'il l'a choisi évidemment parce qu'il est à l'abri des regards. Je suis dans cette innocence, cette imbécillité. Si j'ai l'habitude de la prudence, si j'ai l'art de ne pas répondre aux inquisitions, je ne sais rien encore de la dissimulation, de la clandestinité. Je découvre ça, avec le café, l'extrémité de la ville, la faible fréquentation. Les gens qui consomment ici ne sont que de passage, ce sont souvent des routiers qui s'offrent une halte avant de repartir, de reprendre leur périple. Ou des turfistes venus poinçonner leur ticket de PMU. Ou des poivrots âgés, accoudés au comptoir, le regard vitreux, éructant contre *le pouvoir socialo-communiste*. Des gens qui ne peuvent pas nous connaître, en tout cas, pour qui nous ne représentons rien, à qui nous n'évoquerons rien, et qui nous auront oubliés dès que nous disparaîtrons.

Il est déjà là quand je franchis le seuil de l'établissement. Il s'est arrangé pour arriver avant moi, peut-être pour effectuer un repérage, s'assurer que nous ne risquons rien, et pour que nous ne soyons pas vus, lui et moi entrant ensemble.

En avançant vers lui, je remarque le carrelage poisseux parce qu'il colle aux chaussures, les tables en Formica bleu ciel et jaune canari, j'imagine l'éponge humide qu'on passe à la hâte après avoir débarrassé les tasses de café vides, les pintes de bière consommées, je vois les pubs Cinzano et Byrrh accrochées aux murs, une France des années cinquante. Derrière le comptoir, un type au visage sévère, torchon rabattu sur l'épaule, comme sorti d'un film avec Lino Ventura. Je me sens un intrus, une erreur.

Thomas s'est installé dans le fond de la salle, tout à sa volonté de passer inaperçu. Il fume, ou plutôt il tire nerveusement sur une cigarette (on fume encore dans les cafés). Une bière pression est posée devant lui (on sert de l'alcool aux mineurs). À mesure que je m'approche, je vois cette nervosité, qui n'est en fait que de la timidité, quelque chose entre la gaucherie et l'émoi, une sorte de confusion plus que d'appréhension. Je me demande s'il éprouve de la honte, je veux croire qu'il s'agit seulement d'une gêne, de la manifestation de sa pudeur. Je retrouve aussi sa sauvagerie, ce qui le tient à part. J'en suis troublé car je me remémore sa mâle assurance, sa confiance calme, je pourrais être rebuté par l'égarement de sa superbe, en réalité rien ne me touche davantage que le craquèlement des armures et la personne qui s'y révèle.

Quand je m'assois face à lui, sans prononcer un mot, il ne relève pas la tête tout d'abord. Il garde les yeux rivés sur le cendrier. Il tapote sur sa cigarette pour en faire tomber la cendre mais elle n'est pas assez consumée. C'est un geste destiné à lui offrir une contenance, et qui a pour seule conséquence de le faire apparaître plus vulnérable encore. Il ne touche pas à la bière. Moi, je persiste dans le mutisme, convaincu qu'il lui revient de parler en premier puisqu'il est à l'initiative de cette étrange invitation. Je devine que ce mutisme accentue son inconfort mais qu'y puis-je ?

Moi-même, je tremble. Je sens les tremblements dans la carcasse, comme au moment des grands froids, qui nous saisissent alors qu'on ne s'y attend pas, qui nous secouent. Je me dis : il doit voir ça, le tremblement, au moins.

Et, enfin, il parle. Je m'attends à des paroles ordinaires, comme pour briser la glace, pour nous extraire de l'incongruité, nous installer dans la banalité. Il pourrait me demander comment je vais, ou si j'ai trouvé facilement, ou ce que je veux consommer, je comprendrais ces questions-là, j'y répondrais avidement, trop heureux d'y puiser un salut, le moyen de calmer les tremblements.

Mais non.

Il dit qu'il n'a jamais fait ça avant, jamais, qu'il ne sait même pas comment il a osé, comment il s'en est senti capable, comme c'est sorti de lui, il laisse entendre toutes les interrogations, toutes les hésitations, tous les dénis par lesquels il est passé, tous les obstacles qu'il a dû surmonter, toutes les objections qu'il a contrées, le combat intérieur, intime, silencieux qu'il a mené pour en arriver là, mais il ajoute qu'il y est parvenu parce qu'il n'a pas eu le choix, parce qu'il devait le faire, parce que ça s'est imposé comme une nécessité, parce que c'était devenu trop épuisant de lutter. Il tire sur la cigarette, il la mord presque, la fumée s'attaque à son regard. Il dit qu'il ne sait pas se débrouiller avec ça, mais que c'est là, alors il me le donne comme un enfant jette ses jouets aux pieds de ses parents.

Il dit qu'il n'en peut plus d'être *seul avec ce sentiment*. Que ça le blesse trop.

Avec ces mots, il est entré dans le vif du sujet, il n'a pas biaisé. Il aurait pu se livrer à des manœuvres dilatoires, à des contorsions sémantiques, ou même tout bonnement abdiquer. Il aurait pu vouloir vérifier préalablement qu'il ne se trompait pas sur mon compte. À l'inverse, il a choisi de s'offrir, de se mettre à nu, de dire, à sa manière, l'élan qui le pousse vers moi, au risque d'être incompris, moqué, rejeté.

Je dis : pourquoi moi ?
Une façon d'aller droit au but, à mon tour, d'être dans la même immédiateté, la même franchise. Une façon aussi de valider tout le reste, tout ce qui a été énoncé, de nous débarrasser. De dire : j'ai saisi, tout me va, tout me convient, tout est partagé.
Alors pourtant que je suis dans la stupeur de ce qui a été énoncé, parce que rien ne m'y a préparé, parce que tout s'inscrit en contradiction avec mes certitudes. L'information reçue est une absolue révélation, une venue au monde, un éblouissement. Elle est aussi une déflagration, une balle tirée au plus près de mon tympan.
Mais j'ai deviné en une fraction de seconde que je devais me hisser à la hauteur de l'événement, qu'il ne supporterait pas un balbutiement, une hébétude, cet événement, sinon tout pourrait s'écrouler, finir par terre.

Et je sais d'instinct qu'une nouvelle interrogation est susceptible de nous sauver de la chute, du désastre.

La question s'est imposée d'elle-même : pourquoi moi ?

Les images se bousculent : les lunettes du myope, le pull jacquard informe, l'élève tête à claques, les trop bonnes notes, les gestes de fille. La question se justifie.

Il dit : parce tu n'es pas du tout comme les autres, parce qu'on ne voit que toi sans que tu t'en rendes compte.

Il ajoute cette phrase, pour moi inoubliable : *parce que tu partiras et que nous resterons.*

J'ai les larmes aux yeux en recopiant les mots.

Je demeure fasciné que cette phrase ait été prononcée un jour, qu'elle m'ait été adressée. Qu'on me comprenne : ce n'est pas l'éventuelle prémonition qu'elle contient qui me fascine, ni même qu'elle ait été réalisée. Ce n'est pas non plus la maturité ou la fulgurance qu'elle suppose. Ce n'est pas davantage l'agencement des mots, même si je prendrai conscience que je n'aurais sans doute pas pu les trouver alors, ni plus tard les écrire. C'est la violence de ce qu'ils signifient, de ce qu'ils charrient : l'infériorité qu'ils racontent en même temps que l'amour sous-jacent dont ils témoignent, l'amour rendu nécessaire par la disparition prochaine, inévitable, l'amour rendu possible par elle aussi.

Il sait quelque chose que je ne sais pas : que je partirai.

Que mon existence se jouera ailleurs. Loin, très loin de Barbezieux, de sa langueur, de ses ciels plombés, de son horizon bouché. Que je m'en échapperai comme on s'évade d'une prison, que moi, j'y réussirai.

Que je voudrai la ville capitale, que je m'y épanouirai, que j'y trouverai ma place, que j'y ferai ma place.

Qu'ensuite, je sillonnerai la planète, puisque je ne suis pas fait pour la sédentarité.

Il imagine une ascension, une élévation, une épiphanie. Il me croit promis à un destin brillant. Il est convaincu qu'au sein de notre communauté presque oubliée des dieux, il ne peut exister qu'un nombre infime d'élus et que j'en fais partie.

Il pense que bientôt je n'aurai plus rien à voir avec ce monde de mon enfance, que ce sera comme un bloc de glace détaché d'un continent.

S'il exprimait cette conviction, j'éclaterais de rire.

Je l'ai dit : à ce moment-là, je ne nourris aucune ambition. J'ai certes admis qu'il me faudrait accomplir des études longues et prestigieuses – je suis tellement discipliné, tellement déférent –, mais j'ignore où elles me mèneront, j'ai deviné qu'il me faudrait escalader des cols – puisque j'ai des qualités de grimpeur –, mais les sommets restent incertains, imprécis ; à la fin, mon avenir est un brouillard, et je m'en moque.

Pire encore : j'ignore qu'un jour, je ferai des livres. C'est une hypothèse qui n'est même pas concevable, qui n'entre aucunement dans le champ des possibles, qui dépasse ma simple imagination. Et si, par extraordinaire, elle devait traverser mon esprit, je l'en chasserais aussitôt. Le fils du directeur d'école, un saltimbanque ? Jamais. Faire des livres, ce ne serait pas une occupation convenable, et surtout ça n'est pas un métier, ça ne rapporte pas d'argent, ça ne procure pas la sécurité, un statut. Il y a aussi que ce n'est pas dans la vraie vie, l'écriture, c'est en dehors ou à côté. Or la vraie vie, il faut s'y frotter, il faut l'empoigner. Non, jamais, mon fils, n'y pense même pas ! Je l'entends de là, mon père.

Et je l'ai mentionné : je n'ai pas d'envie d'ailleurs, pas de désir de fuite. Plus tard, ça m'envahira, ça me débordera. Ça commencera classiquement par le goût du voyage, des territoires nouveaux, ceux des cartes postales, ceux des mappemondes. Je prendrai des trains, des bateaux, des avions, j'embrasserai l'Europe. Je découvrirai Londres, une auberge de jeunesse du côté de la gare de Paddington, un concert de Bronski Beat, les boutiques de fripes, les harangueurs de Hyde Park, les soirs de bière, les jeux de fléchettes, quelques nuits fauves. Rome, marcher parmi les ruines, s'abriter sous les pins parasols, jeter des pièces dans les fontaines, observer les garçons aux cheveux gominés sifflant sur le passage des filles, la vulgarité et la sensualité. Barcelone, les déambulations ivres sur les ramblas et les rencontres de hasard sur le front de mer, tard. Lisbonne et la tristesse qui me frappe devant tant de splendeur fanée. Amsterdam et ses volutes envoûtantes et ses néons rouges. Ces choses qu'on fait à vingt ans, vous savez bien. Après viendront le goût pour le mouvement, l'impossibilité de tenir en place, la détestation de ce qui enracine, de ce qui retient ; « aller n'importe où mais changer de paysage », ce sont les paroles d'une chanson ; je me souviens de Shanghai, de la foule grouillante, de la laideur, d'une ville artificielle que ne sauve même pas la majesté de son fleuve, je me souviens de Johannesburg, d'être un étranger blanc dans une ville noire, cette provocation, je me souviens de Buenos Aires, de gens sublimes et désespérés dansant au-dessus d'un volcan, de filles aux jambes interminables et de vieillardes attendant un retour qui ne se produira pas. Encore après, la nécessité de l'exil, mettre des milliers de kilomètres entre la France et moi, mettre du décalage horaire, envisager sérieusement de m'installer à Los Angeles, pour de bon, de ne jamais revenir. Mais à dix-sept ans, rien, rien de tout ça. Pas partir.

Thomas Andrieu dit que tout devra rester caché. Que personne ne devra savoir. Que c'est la condition. Que c'est à prendre ou à laisser. Il écrase la cigarette dans le cendrier. Relève enfin le visage. Je fixe les yeux armés d'une sombre détermination, presque injectés de colère. Je dis que c'est d'accord. Ça m'impressionne, cette exigence, cette brûlure dans son regard.

Mille questions tournent dans ma tête : comment ça a commencé pour lui ? comment ça s'est imposé ? et quand ? comment se fait-il que nul ne le voie sur lui ? oui, comment ça peut être à ce point indétectable ? Et puis : est-ce que c'est de la souffrance ? seulement de la souffrance ? Et encore : serai-je le premier ? ou y en a-t-il eu d'autres avant moi, d'autres tout aussi secrets ? Et aussi : qu'est-ce qu'il imagine *exactement* pour nous ? Je ne pose aucune de ces questions, bien sûr. J'accepte sa domination, ses règles du jeu.

Il dit : je connais un endroit.

La soudaineté, la brutalité de la proposition me déconcertent. Nous étions de parfaits étrangers il y a encore une heure, au moins je le croyais, puisque je n'avais pas repéré son désir de moi, pas aperçu qu'il lui était arrivé de me jeter des coups d'œil à la dérobée, j'ignorais qu'il avait pris des renseignements à mon sujet, qu'il avait accompli tant de chemin, donc, oui, je reprends : nous étions de parfaits étrangers et voilà qu'il me propose, de but en blanc, de m'emmener je ne sais où pour faire je sais quoi.
Je dis : je te suis.

En cet instant, je le suivrais n'importe où, je ferais tout ce qu'il me demande.

Pourtant, je suis persuadé que ça n'existe pas, pareille rapidité, pareille facilité, que ça figure uniquement dans les films, les mauvais romans, ou bien dans les grandes villes, où on a l'habitude de la drague, de la baise, des rapports urgents, décomplexés. Je me rappelle avoir vu une fois des inconnus s'approcher, partir ensemble sur une seule œillade, disparaître derrière une porte cochère, c'était aux abords de la gare de Bordeaux-Saint-Jean, à proximité du sex-shop, j'avais quinze ans, ça m'avait choqué, troublé, mais surtout j'étais resté incrédule, je ne cessais de me répéter : je dois me tromper, c'est mon imagination, on ne s'enferme pas comme ça avec le premier venu, j'ai dû mal interpréter. J'en suis encore là. À cette virginité. Vous imaginez.

Il se lève, laisse cinq francs sur la table, pour la bière à laquelle il n'a presque pas touché. Il sort, je lui emboîte le pas. Nous marchons en silence, lui toujours un peu en avant de moi, son pas est vif, ses épaules rentrées, et ce n'est pas seulement l'effet du froid, il a rallumé une cigarette. Parfois mon retard se creuse, je détaille son dos, j'envisage les muscles noueux de son dos, la peau laiteuse, parsemée de grains de beauté, je suis obligé d'accélérer le pas pour combler mon retard.

À ma grande surprise, nous revenons vers le lycée sauf qu'au dernier moment, nous bifurquons vers le gymnase, vide à cette heure. Fermé aussi. Du moins, je le suppose. Mais il a tout prévu. Il contourne le préfabriqué, grimpe sur un muret, parvient à une petite fenêtre, la pousse et elle cède, s'ouvre. Il s'y engouffre. Je me demande comment il connaît cette ouverture, s'il l'a déjà pratiquée. Je le suis. Il me tend la main pour que je puisse pénétrer à mon tour. Je songe que c'est le premier contact, cette main tendue. Que je ne l'ai jamais touché auparavant. Que ça se produit là, au cours de cette effraction. La peau est douce.

L'endroit est désert, il sent la transpiration, le souvenir de l'effort des jeunes gens, les effluves d'une propreté plus que douteuse. Il résonne aussi sous nos pas. Le sol crisse. Dans un coin, le garage à ballons. Thomas poursuit sa route, il me conduit jusqu'aux vestiaires, jusqu'aux douches.

L'amour se fait là.

L'amour, c'est des bouches qui se cherchent, qui se prennent, des lèvres qu'on mord, un peu de sang, le poil de sa barbe qui irrite mon menton, ses mains qui empoignent ma mâchoire, afin que je ne lui échappe pas.

C'est la broussaille de ses cheveux où je glisse mes doigts, la raideur de sa nuque, mes bras qui se referment sur lui, qui l'enserrent, pour être au plus près, pour qu'il n'y ait aucun espace entre nous.

C'est les torses qui s'épousent, d'où on retire un à un mais à la hâte les vêtements, le pull jacquard, le tee-shirt, afin que les épidermes se touchent. Le sien de torse est musclé, imberbe, les tétons sont plats, sombres, le mien est maigre, pas encore défoncé comme il le sera plus tard sous les coups de boutoir d'un médecin urgentiste, on dirait un torse de malade.

C'est les dos qu'on caresse frénétiquement. Sur le sien, je distingue, sous mes doigts, comme je l'avais supposé, le bombement de grains de beauté.

C'est les jeans qu'on dégrafe. Je découvre son sexe, veineux, blanc, somptueux. Je suis émerveillé par ce sexe. Ça me demandera des années, beaucoup d'amants, avant de renouer avec cet éblouissement.

L'amour, c'est les sexes dans les bouches, une certaine adresse malgré la frénésie. C'est se retenir pour ne pas jouir, tant l'excitation est puissante. C'est l'abandon, la confiance folle en l'autre.

Je devine que ce n'est pas la première fois pour lui. Les mouvements sont trop sûrs, trop simples pour ne pas avoir été accomplis auparavant, avec un autre, avec plusieurs autres peut-être.

Et puis, il me demande de le prendre, d'entrer en lui. Il dit les mots, sans honte, sans commander non plus. Je lui obéis. J'ai peur. Je sais qu'on peut avoir mal. Qu'on peut avoir mal si l'autre ne sait pas y faire. Que la cavité peut résister. Je crache sur ma queue, j'y vais dans la lenteur.

L'amour se fait sans capote.

Le sida est là, pourtant. On lui donne même sa véritable identité, désormais. On ne l'appelle plus le cancer gay. Il est là mais nous nous pensons à l'abri de lui, nous ne savons rien de la grande décimation qui va suivre, qui nous privera de nos meilleurs amis, de nos anciens amants, qui nous obligera à nous réunir dans des cimetières, à rayer des noms dans nos carnets d'adresses, qui nous fera enrager de tant d'absences. Il est là mais il ne nous fait pas encore peur. Et puis nous nous croyons protégés par notre extrême jeunesse. Nous avons dix-sept ans. On ne meurt pas quand on a dix-sept ans.

La souffrance se transforme en jouissance. Le plaisir advient.

Et juste après, la fatigue, une fatigue gigantesque, qui nous laisse hébétés, mutiques, abasourdis. Il nous faut plusieurs minutes avant de recouvrer nos esprits. Nous nous rhabillons, sans échanger un regard, sans même prononcer une parole.

Moi, je voudrais accomplir un geste, qui s'apparente à de la tendresse mais j'en suis empêché.

Nous quittons le gymnase, comme nous y sommes entrés. Nous nous faufilons par la fenêtre, nous retrouvons l'air piquant du dehors, l'hiver.

Il dit : salut.

Et il s'éloigne. Il disparaît.

Je devrais demeurer dans l'éblouissement. Ou dans la stupéfaction. Ou me laisser déborder par l'incompréhension. Cependant, le sentiment qui l'emporte en cet instant de sa disparition, c'est celui d'être *abandonné*. Peut-être parce qu'il s'agit d'un sentiment *déjà* éprouvé.

C'est une fête foraine, celle qui s'installe une fois par an, à Pâques, sur la place du Château. Des manèges, et même un carrousel de chevaux de bois, des autos tamponneuses, un jeu de tir à la carabine, des peluches roses et bleues à remporter, de toutes les tailles, un toboggan, des machines à sous, un punching-ball pour mesurer sa force, des stands de confiseries, l'odeur de la barbe à papa, et celle des gaufres, des buvettes pour les grands, un bonimenteur qui n'arrête pas d'éructer dans un micro sans qu'on sache d'où vient sa voix, de la musique trop forte, tout le temps, mais pas de clowns, pas d'illusionnistes, trop cher sans doute pour une ville comme Barbezieux. J'ai sept ans. Ma mère m'a amené là. J'ai tellement insisté. Il n'y a aucune animation par chez nous, sauf celle-ci, une fois par an, à Pâques. Ma mère a cédé. Je suis l'enfant ébloui. Je veux grimper sur le manège, en permanence, tâcher d'attraper la queue du Mickey, essayer toutes les attractions, je suis épuisant, je ne vois pas l'épuisement de ma mère. Je ne vois pas non plus qu'elle reconnaît une de nos voisines, et se met à converser avec elle, trop occupé à croquer dans la pomme d'amour qu'elle m'a achetée, et que je dévore en contemplant les autos tamponneuses, fasciné par les chocs, les cris, les éclats électriques au-dessus de la piste. Si occupé que je me laisse emporter par la foule, compacte, désordonnée, joyeuse, qui ne prête pas attention à un gamin minuscule. La foule m'éloigne de ma mère. Quand je finis par m'en rendre compte, il est trop tard, elle n'est plus dans mon champ de vision. Alors, soudain, je me rappelle combien elle était épuisée tout à l'heure, elle a dit : tu me fatigues, je me rappelle les mots « tu me fatigues ». En une fraction de seconde, j'en déduis qu'elle a décidé de m'abandonner là, parce qu'elle n'en pouvait plus, parce que j'étais trop agité, j'acquiers la conviction qu'elle a fichu le camp, que je ne la reverrai plus, que c'est terminé, que je serai pour toujours un enfant seul. Aussitôt, je me mets à pleurer, ou à crier, c'est une sorte de lamentation déchirante, je laisse tomber ma pomme d'amour sur le goudron. Et je cours dans la direction où je crois l'avoir aperçue la dernière fois, elle n'y est pas, alors je cours dans tous les sens, je me heurte aux jambes des grandes personnes. Je n'accomplis vraisemblablement que quelques mètres mais le souvenir que j'en conserve est celui d'une course interminable, anarchique, exténuante, d'une épreuve qui me plonge dans la stupeur, l'effroi, et une tristesse sans fond. Finalement, ma mère me retrouve, elle m'empoigne et me sermonne, elle aussi a été terrifiée, elle s'est affolée quand elle a pris conscience qu'elle ne me voyait plus, elle m'a cherché partout, elle a hurlé mon prénom et je ne l'ai pas entendu, le bonimenteur dans le micro, la musique trop forte, les rires des gens, elle me crie dessus, je suis décidément impossible, je ne dois pas m'éloigner, pas lâcher sa main, elle m'empoigne encore plus fort, me fait mal au bras, c'est sa peur qui s'exprime mais, à cet âge-là, je ne le sais pas, je ne ressens que sa colère, une colère qui me plonge dans l'hébétude. Il y a quelques instants, je m'imaginais orphelin et quand je retrouve ma mère, c'est pour recueillir ses récriminations. Je n'aimerai plus les fêtes foraines. Et me restera, chevillée à l'esprit, la terreur de l'abandon.

    Quand Thomas disparaît au coin de la rue du gymnase, j'ai sept ans à nouveau.

Les jours qui suivent sont un véritable cauchemar.

Je me doute bien que l'amant ne va pas venir vers moi, puisqu'il a exigé le silence, imposé une chape de plomb. Les autres élèves ne manqueraient pas de relever cette bizarrerie si, d'aventure, il me saluait, s'il se contentait de me saluer, même de loin. Car, je l'ai dit, nous appartenons à deux cercles distincts, sans intersection possible : une conjonction, même furtive, même accidentelle n'est tout bonnement pas envisageable. Pas question de prendre le moindre risque, j'ai bien compris.

J'ai bien compris et, pourtant, je ne peux pas m'empêcher d'espérer un signe qui ne serait détectable que par nous, un frôlement qui paraîtrait le produit du hasard, un clin d'œil que nul ne pourrait repérer, un sourire bref. Je rêve d'un sourire bref.

Mais rien. Rien du tout.

Une invisibilité, la plupart du temps. Comme s'il arrivait au lycée au dernier moment, comme s'il en partait dès la cloche sonnée, comme s'il ne sortait pratiquement jamais de salle de cours.

Et pour les rares secondes grappillées dans la cour de récréation, dans les couloirs : une indifférence totale. Pire qu'une froideur. Un spectateur attentif discernerait même de l'hostilité, la volonté de se tenir à distance.

Cette imperméabilité me mortifie. Elle favorise toutes les hypothèses.

Je me dis : et s'il regrettait ? Si, pour lui, tout n'avait été qu'un coup de folie, une erreur tragique, un fourvoiement grotesque ? Il se comporte comme si rien n'avait eu lieu, ou comme si tout devait être oublié, enterré. C'est même plus puissant qu'un oubli : cela ressemble à un déni. Je ne vois plus que ça, d'un coup : son désaveu. J'affronte la négation de ce qui nous a précipités l'un contre l'autre ; la suppression de l'image.

Pour échapper à pareille condamnation, aux airs d'excommunication, je tempère : il est peut-être simplement déçu, je ne me suis pas montré à la hauteur de son espérance, de son désir. Je me répète, contre l'évidence : ça se corrige, une déception, ça se rattrape. J'en suis déjà là, à espérer pouvoir mendier une deuxième chance. Je me raccroche à l'éventualité d'un rachat.

Mais, évidemment, me reviennent la maigreur, la myopie, la débilité de tout le corps, et la laideur du pull jacquard, et la présumée supériorité qui éloigne ; autant de défauts, autant de défaites. Je redeviens celui que j'étais avant, le garçon qui intrigue, pas celui qui plaît. Je me dis que plaire n'a duré que le temps d'une étreinte, dans un vestiaire. Que plaire n'a été qu'une illusion.

Je découvre la morsure de l'attente. Parce qu'il y a ce refus de s'avouer vaincu, de croire que c'est sans lendemain, que ça ne se reproduira pas. Je me persuade qu'il accomplira un geste dans ma direction, que c'est impossible autrement, que la mémoire des corps emmêlés vaincra sa résistance. Je me dis que ce n'était pas seulement une histoire de corps, mais de nécessité. Qu'on ne lutte pas contre la nécessité. Ou, si on lutte, elle finit par avoir raison de nous.

Je découvre la morsure du manque. Le manque de sa peau, de son sexe, de ce que j'ai possédé et qui m'a été retiré, qui doit m'être redonné, sous peine de démence.

Plus tard, j'écrirai sur le manque. Sur la privation insupportable de l'autre. Sur le dénuement provoqué par cette privation ; une pauvreté qui s'abat. J'écrirai sur la tristesse qui ronge, la folie qui menace. Cela deviendra la matrice de mes livres, presque malgré moi. Je me demande quelquefois si j'ai même jamais écrit sur autre chose. Comme si je ne m'étais jamais remis de ça : *l'autre devenu inaccessible*. Comme si ça occupait tout l'espace mental.

La mort de beaucoup de mes amis, dans le plus jeune âge, aggravera ce travers, cette douleur. Leur disparition prématurée me plongera dans des abîmes de chagrin et de perplexité. Je devrai apprendre à leur survivre. Et l'écriture peut être un bon moyen pour survivre. Et pour ne pas oublier les disparus. Pour continuer le dialogue avec eux. Mais le manque prend probablement sa source dans cette première défection, dans une imbécile brûlure amoureuse.

Je découvre que l'absence a une consistance. Peut-être celle des eaux sombres d'un fleuve, on jurerait du pétrole, en tout cas un liquide gluant, qui salit, dans lequel on se débattrait, on se noierait. Ou alors une épaisseur, celle de la nuit, un espace indéfini, où l'on ne possède pas de repères, où l'on pourrait se cogner, où l'on cherche une lumière, simplement une lueur, quelque chose à quoi se raccrocher, quelque chose pour nous guider. Mais l'absence, c'est d'abord, évidemment, le silence, ce silence enveloppant, qui appuie sur les épaules, dans lequel on sursaute dès que se fait entendre un bruit imprévu, non identifiable, ou la rumeur du dehors.

Pour ne pas sombrer tout à fait, je n'ai trouvé que ceci : je me souviens du corps, du sexe blanc, veineux, des grains de beauté. L'éblouissant souvenir me sauve de la ruine.

Il faudra neuf jours avant que Thomas ne m'approche à nouveau.

Neuf jours. J'ai compté. Le chiffre m'est resté.

Nous nous croisons dans un couloir rendu sombre par la pluie d'hiver, de ces pluies qui invitent la nuit en plein jour. Ou plus exactement je sors du CDI, je suis encore allé emprunter un livre, je ne me rappelle pas le titre, était-ce *Du côté de chez Swann* auquel je m'essaierai à cette période de ma vie, sans succès ? sans doute pas un roman contemporain en tout cas, parce qu'ils étaient rares, les gens de l'Éducation nationale devaient penser qu'il fallait nous protéger du présent, nous enfermer dans le passé, nous obliger à connaître nos classiques, à nous maintenir dans notre état de petits singes savants, donc je quitte la bibliothèque, je tiens le livre fermement contre mon flanc, mon attention est encore concentrée sur cet emprunt, et Thomas marche dans ma direction, et ça m'enchante, et ça me pétrifie, j'aperçois qu'il plonge la main dans la poche arrière de son jean, il en extrait quelque chose, c'est un morceau de papier, qu'il me remet à la hâte, espérant ne pas être démasqué, et poursuit son chemin, je me dis qu'il a préparé son coup, qu'il attendait d'être mis en ma présence dans des circonstances favorables pour passer à l'acte, je suis décontenancé par cet excès de précaution, dans un autre contexte je pourrais le trouver ridicule, mais j'ai saisi que la peur l'emporte, la panique, je devine que cette peur est si forte qu'elle ne peut pas être uniquement celle d'être découvert, c'est une peur de lui-même aussi, *une peur de ce qu'il est.*

J'attends que cesse le ballet des allées et venues dans le couloir, que le vide s'opère, quitte à me présenter en retard au cours où je suis tenu de me rendre, et je déplie le morceau de papier. Dessus, juste la mention d'un lieu, d'une heure (rien d'autre, pas mon prénom, pas sa signature, pas une amabilité, pas un espoir, ainsi les choses sont ramenées à l'essentiel, ainsi le sentiment est nié, ainsi le morceau de papier ne sera jamais utilisé comme une preuve à charge). Nous avons un nouveau rendez-vous.

Il a choisi un cabanon, celui qui jouxte le terrain de foot, où l'on range les ballons, des tenues, divers équipements. Le terrain est inoccupé, de toute façon la pluie est si forte qu'il serait impraticable, je cours sous ce déluge, de la boue s'accroche au bas de mon pantalon. Quand je parviens à proximité du cabanon, je remarque que la porte est entrouverte. Thomas m'y attend, ses vêtements sont trempés, des gouttes tombent de ses cheveux, roulent sur ses joues, il vient juste d'arriver. Je lui demande comment il a fait, comment il a pu ouvrir cette porte, il ne peut pas en avoir la clé, et ces dépendances sont en général closes pour que ne soit pas dérobé ce qu'on y entrepose, il m'apprend qu'aucune serrure ne lui résiste, qu'il fait ça depuis qu'il est tout petit, forcer des serrures, que ça amuse son père, ses cousins, une dextérité pareille, qu'on lui demande même régulièrement de se livrer à ce tour de passe-passe à la fin des déjeuners du dimanche, il est un peu magicien.

Je me rends compte alors qu'il s'agit de notre première conversation.

Jusque-là, il a été le seul à parler. Au café, avec les poivrots, les parieurs, je n'ai pas prononcé un mot. Après, dans le gymnase, il n'y a eu que de la sexualité. Maintenant, là, nous parlons de cela : comment on crochète des serrures, ce don qu'il s'est découvert, qu'il a perfectionné, qui lui vaut des compliments, des encouragements. Je souris quand il raconte l'histoire. C'est aussi mon premier sourire à lui adressé. Il me sourit en retour. Il me semble que ça invente une intimité au moins aussi forte que celle des peaux aimantées, collées l'une à l'autre.

Ses cheveux continuent de dégouliner d'eau, de lui coller au front, sa beauté est fracassante. Il s'accroupit sur un matelas. Je l'imite.

Je ne dis pas : pourquoi tu as attendu si longtemps avant de te manifester ? est-ce que tu as hésité ? est-ce que tu avais décidé de ne plus me voir, avant de changer d'avis ? Je sais, d'un savoir intuitif, que je ne devrai jamais lui poser la moindre question, jamais lui demander de s'expliquer. Je suis écrasé par ce savoir.

Je ne dis pas : tu m'as manqué. Je sais que je ne dois pas davantage me montrer sentimental, que tout épanchement lui ferait horreur.

Je parle de serrures. Et je n'y vois aucune métaphore. Tout simplement parce qu'il n'y en a pas.

Et puis le silence se fait. Les regards se modifient ; la timidité et le désir les voilent, d'un coup. Les baisers adviennent ; des baisers carnivores.

Une fois le désir assouvi, le plaisir accompli, le sperme répandu, les corps repus, je songe que ça va être comme la fois d'avant, dans le gymnase : le mutisme, les profils détournés, l'embarras, la séparation précipitée. Mais il en décide autrement. Il dit que la pluie tombe encore trop fort, qu'on ferait mieux d'attendre, qu'il ne viendra personne. Je comprends qu'il a l'intention de s'exprimer.

Il dit qu'il habite Lagarde-sur-le-Né. Je connais ce village, ma grand-mère y est morte. Je dis village, je devrais plutôt dire hameau, il n'y a pas de véritable bourg, on compte essentiellement des fermes, la commune est desservie par une départementale, c'est précisément sur cette départementale que ma grand-mère s'est fait écraser. C'était à la tombée du jour, à cette heure qu'on désigne « entre chien et loup », elle traversait à la suite de mon grand-père, je ne sais plus ce qu'ils faisaient à cet endroit tous les deux, on a dû me le dire mais j'ai oublié, ils allaient peut-être rejoindre des amis qui habitaient là, ils avaient garé leur voiture sur le bas-côté, il fallait qu'ils traversent, il est passé en premier, comme il faisait toujours, elle n'a pas entendu une camionnette arriver, le choc n'a pas été brutal mais suffisamment pour qu'elle succombe à ses blessures. Mon grand-père n'a pas vu l'accident, il était de dos, il a entendu le freinage, la collision, quand il s'est retourné le corps était étendu sur la chaussée, la tête avait cogné contre le goudron, c'est ce traumatisme qui a été fatal, paraît-il. Ma grand-mère n'avait pas soixante ans, j'étais tout petit quand elle est partie, je n'ai pas de souvenirs d'elle, je revois simplement une femme imprécise aux cheveux gris debout derrière une baie vitrée, mais l'image est probablement recomposée, elle n'a peut-être jamais existé. Je connais l'histoire parce qu'on me l'a racontée, parce qu'on se lamentait sur cette inattention, cette faute à pas de chance, mourir sur une route où il ne passe jamais personne, on blâmait la lumière rasante, on répétait : une minute plus tôt ou plus tard et il ne serait rien arrivé, je me rappelle cette expression « une minute plus tôt ou plus tard ».

Des années après, Patrice Chéreau m'a dit, sans rien connaître de ce drame : les gens qui meurent écrasés, parfois, ils le font exprès, ils se jettent sous les roues des voitures, c'est particulièrement vrai quand les accidents semblent incompréhensibles, quand tout le monde assure qu'ils pouvaient être évités. Il a même fait prononcer une réplique approchante à un de ses personnages, dans *Persécution*, son dernier film. Il disait : ça arrange tout le monde de croire à un accident, c'est moins embarrassant qu'un suicide.

Je me suis demandé si ma grand-mère avait pu se suicider. Je n'en sais rien. Au fond, je crois que ça me plairait assez qu'elle se soit tuée, ce serait le seul acte de femme libre de toute son existence, son unique comportement iconoclaste, elle qui aura passé son temps à faire des enfants (sept en une vingtaine d'années), à les élever, et à devoir demeurer dans l'ombre d'un époux volage et fêté.

Donc Thomas Andrieu habite ce village, synonyme de mort.

Il vit dans une ferme. Ses parents sont des paysans, qui possèdent de petits lopins de terre, des gens modestes, qui vendent le produit de leur vignoble aux distilleries de cognac. Il se corrige : en fait de vignoble, il s'agit d'un clos, de rangs de vigne cernés de murets.

Je voudrais l'interrompre pour lui signifier que je sais de quoi il parle. Dans mon enfance, aussi, devant l'école, de l'autre côté de la route principale, il y a des vignes, des coteaux en pente, des sarments tortueux, noueux comme des bestioles fabuleuses. À sept ou huit ans, je demande à participer aux vendanges. Comme je suis le fils de l'instituteur, on m'explique que ce n'est pas ma place mais j'insiste, alors on cède, comme on cède à un caprice, une lubie. On m'envoie chez des voisins qui produisent du cognac. Regardez-le l'enfant bien peigné en train de « cueillir le raisin », soulevant les feuilles, détachant les grappes, les jetant dans un seau, avec une trop grande précaution, comme arriéré, il n'a pas conscience qu'on lui fait une faveur, qu'on le tolère alors que c'est un vrai travail, et dur en plus, très dur, qui exige de l'adresse, de l'agilité, de l'endurance. Autour de moi, des Espagnols : on les fait venir pour les deux ou trois semaines que dure la collecte ; une main-d'œuvre bon marché, docile, débarquée de Bilbao ou de Séville. J'aime bien les Espagnols, ils sont joyeux, ils ont une peau burinée, je ne comprends pas quand ils s'expriment, le soir ils rejoignent un campement, ils ont posé leurs caravanes dans des champs, ils sont sans doute exploités mais ne s'en plaignent pas ; avec le fruit de leur labeur, on fabriquera une eau-de-vie réputée, une liqueur très chère, exportée dans le monde entier, consommée au Japon, en Chine, ils ne verront rien de l'argent que ça rapporte. La journée terminée, je suis l'enfant hilare qu'on installe dans la cuve, pieds et jambes nus, pour fouler le raisin, pour faire craquer les grains. À la fin de la saison, tout le monde est réuni autour d'une table interminable, tout le monde est mélangé, ça parle fort, ça boit, ça rigole, ça joue de la guitare, avant qu'on se sépare jusqu'à l'automne prochain ou à jamais. Pour moi, la séparation est déchirante. Plus tard, je m'assois dans la distillerie, devant les alambics, les tuyaux en cuivre, j'attends que la fumée sorte, s'échappe, on l'appelle « la part des anges ». Je suis l'enfant qui attend la part des anges. Mon père s'amuse que son fils participe à ce rituel mais il a déjà dit et répété qu'il ne veut pas ça pour lui, pas la terre, pas les champs, pas un métier manuel. Je ne serai pas un prolétaire, pas question. Donc je m'en tiens au silence quand Thomas parle des vignes.

Il dit qu'ils élèvent des vaches aussi. Qu'ils possèdent quelques bêtes.

Cette fois, je prends la parole pour signaler que je sais les traire, les vaches. Dans le bourg du village où je grandis, il y a une étable où, un soir sur deux, nous allons acheter du lait frais (chaud plutôt, puisqu'il sort à peine du pis de l'animal). Je suis fasciné par le spectacle de la fermière occupée à pétrir le pis pour en extraire le lait. Rapidement, je demande à l'imiter, je lui dis : montre-moi. Elle m'apprend les gestes. Je suis doué. C'est comme un jeu pour moi. Je suis doué quand il s'agit de jeu. Et je n'ai pas peur des vaches, pas peur qu'elles me donnent un coup de sabot, qu'elles agitent leur queue, elles doivent sentir que je n'ai pas peur, elles se laissent faire. Quand je raconte cette histoire, aujourd'hui, personne ne me croit. Quand je dis à S. que je possède cette étrange compétence, il ne me croit pas lui non plus, il est persuadé que je fais mon intéressant, que j'invente. Bien fait pour moi. Le revers de l'habitude d'affabuler.

Sur le moment, Thomas éclate de rire, lui aussi. Il ne m'imagine pas, assis sur un petit tabouret, mes doigts malaxant les paires de mamelles. J'en suis vexé. Il dit que je ne suis pas ce garçon-là, que c'est impossible, que je suis le garçon des livres, des ailleurs.

C'est important : il me regarde d'une certaine manière et n'en déviera pas. En fin de compte, l'amour n'a été possible que parce qu'il m'a vu non pas tel que j'étais, mais tel que j'allais devenir.

La pluie continue de tambouriner contre la tôle du toit du cabanon. On est seuls au monde. Je n'ai jamais autant apprécié la pluie.

Il dit qu'il aime la ferme, la terre. Mais qu'il aspire à autre chose. Je rétorque qu'il *fera* autre chose, puisqu'il a entrepris des études qui le lui permettent, qu'une fois son bac en poche, il pourra tenter médecine ou pharmacie ou ce qu'il veut. Il répond qu'il n'est pas certain que ce soit envisageable, parce qu'il est l'unique garçon de la famille, il a deux sœurs, et que la ferme meurt s'il ne la reprend pas. Je m'offusque, je dis qu'on n'en est plus là, que ce ne sont plus les années cinquante, les fils ne prennent plus forcément la relève de leurs pères, la paysannerie n'est plus une hérédité, l'agriculture est vouée à mourir de toute façon, c'est une voie sans issue, je dis qu'il doit penser à son avenir. Son visage se ferme. Il dit qu'il n'aime pas que je parle comme ça.

La pluie ralentit. Il se lève pour aller regarder le dehors à travers une meurtrière, la pelouse boueuse, presque grise, les délimitations incertaines, les poteaux rouillés, les filets lâches ballottés par de courtes bourrasques, les gradins déserts ; cette désolation. Il n'a remis que son jean. Il est encore torse nu, malgré le froid. Je me lève à mon tour, je viens me plaquer contre son dos, enrouler mes bras autour de son bassin, il se raidit à mon contact, il répugne à cette tendresse. Je dis : c'est pour que tu aies moins froid.

Il se dégage lentement de mon étreinte, s'empare de son tee-shirt et de son pull, les enfile.

À l'évidence, il est encore courroucé par ce que j'ai proféré : tuer le père, quitter la terre. Il a l'air de penser que je n'y connais rien. De penser aussi que je ne mesure pas la violence de tels actes. Il est agacé par ma désinvolture.

Il dit que pour moi les choses sont simples, que tout ira bien, que je m'en sortirai, c'est écrit, il n'y a pas d'inquiétude à avoir, je suis fait pour ce monde, il m'ouvre les bras. Alors que pour lui c'est comme s'il y avait une barrière, un mur infranchissable, comme si l'interdit prédominait.

Il évoquera parfois cette question de l'interdit, je tenterai de lui démontrer qu'il a tort. En vain.

La pluie a cessé. Et subitement nous nous sentons moins protégés, moins coupés des autres, il nous semble que nous pourrions être rejoints. J'aperçois son angoisse, le tressaillement de sa jambe, l'agitation de ses traits. Il faut partir maintenant, quitter ce lieu, ça devient impératif. Avant de franchir la porte, je demande, j'ose demander : on va se revoir bientôt ?

Il n'a pas d'hésitation.

Il dit que oui, évidemment.

J'entends le « évidemment », lequel signifie qu'une histoire commence, que nous ne reviendrons pas en arrière, que tout ne va pas s'arrêter. Je pourrais pleurer. Trop sentimental, je sais.

Je dis : alors si tu veux, la prochaine fois, on se retrouvera chez moi. Il ne parvient pas à masquer sa surprise, et même sa répugnance. Je forme plusieurs hypothèses – il préfère les lieux improbables, baroques, une chambre c'est attendu, prévisible, petit-bourgeois ; il préfère les terrains neutres, ceux où nous sommes à égalité, jouer au domicile de l'adversaire c'est partir avec un handicap ; il n'est pas certain de vouloir faire connaissance avec le lieu le plus intime, ce serait franchir un cap dans l'implication.

Je songe que la seule objection acceptable à ses préventions doit être matérialiste, concrète, presque triviale. Je dis : mes parents travaillent, ils ne sont jamais là, nous ne serons pas dérangés. Je mise sur sa terreur d'être démasqué. Il répond que c'est d'accord, qu'il viendra.

Un jour est fixé. Une heure.

Il me commande de sortir du cabanon en premier, il attendra quelques minutes, fermera à clé, il se tient légèrement en retrait comme s'il s'arrangeait pour que je ne l'embrasse pas, pour qu'il n'y ait pas d'effusion, surtout pas de tendresse.

Tout le temps que durera notre relation, il se méfiera de la douceur.

Et ceci, pendant que j'y pense : pas une seule fois, il ne m'invitera chez lui. Je ne verrai pas le corps de ferme, les vignes qui le cernent, les bêtes qui paissent. Je ne verrai pas, à l'intérieur, le carrelage frais, les murs crépis, les pièces sombres et basses, les meubles lourds (j'invente, vous avez compris ? j'invente puisque, précisément, je n'ai pas vu). Je ne rencontrerai pas les parents, même de loin, un regard échangé, des mains serrées, non ; je présume que, de toute façon, jamais il ne leur aura parlé de moi, y compris par inadvertance (il n'est pas sujet à l'inadvertance). J'aurais bien aimé pourtant, *voir à quoi ils pouvaient bien ressembler.* Je ne l'aurais pas trahi, évidemment. J'aurais joué les bons camarades. Je suis capable de jouer tous les rôles. C'est moi, un jour, qui me rendrai, de mon propre chef, à Lagarde, dans le village, un jour où je saurai qu'il ne s'y trouve pas, et qui rôderai pour tâcher de déterminer de quelle maison il peut s'agir, de quelle famille. Je serai même tenté de questionner un vieillard assis sur un banc devant l'église, mais j'y renoncerai, embarrassé soudain par mon impudeur. Je repartirai.

Le jour dit, juste avant que Thomas ne sonne à la porte de la maison, je suis dans une grande nervosité. Je me suis rasé deux fois, moi qui suis alors presque imberbe, je me suis coupé, j'ai une plaie sur le bas de la joue gauche, j'ai passé un peu de pierre d'alun mais ça n'a rien changé, je suis convaincu d'être défiguré. J'ai mis du parfum aussi, pas l'habitude, j'empeste, et c'est le parfum de mon père, aux senteurs animales, pas végétales, où le musc domine, l'odeur est entêtante. Je porte des vêtements sombres, je me dis que c'est ce qu'il aime. J'en ai changé, avant de remettre la tenue initiale. Ah, j'ai compté les heures aussi, les minutes avant qu'il se présente, et guetté par la fenêtre, derrière les voilages pour qu'on ne me remarque pas. J'ai regretté de ne pas savoir fumer, une cigarette m'aurait fait du bien, les gens prétendent que ça calme les impatiences.

Quand il entre, il ne remarque rien de ma fébrilité, rien de mes efforts non plus, seule la maison l'intéresse, où il s'avance comme en terrain miné. Il ne formule aucune observation sur le volume, la luminosité, la décoration, il dit simplement qu'il y a beaucoup de livres, qu'il n'avait jamais vu autant de livres, il demande à aller dans la chambre, ne souhaite pas s'attarder. Il faut emprunter deux volées de marches.

La chambre est assez vaste, coupée en son milieu par une demi-cloison qui sépare la partie nuit du bureau. Elle s'achève en mansarde, les fenêtres sont petites. Au sol, une moquette de couleur crème, parsemée de quelques taches, des résidus de boue collés aux chaussures, je présume. Aux murs, des posters de Jean-Jacques Goldman. Il me dévisage avec un froncement de sourcils, comme pour se moquer de moi. Il affirme que c'est de la variété pour les filles, Goldman. Vexé, je réponds qu'il se trompe, qu'il devrait écouter attentivement les textes, qu'il y a cette chanson notamment qui s'appelle « Veiller tard », où il évoque *ces paroles enfermées que l'on n'a pas pu dire, ces regards insistants que l'on n'a pas compris, ces appels évidents ces lueurs tardives, ces morsures aux regrets qui se livrent à la nuit*. Il dit que les textes n'ont aucune importance, que seule compte la musique, et l'énergie qui s'en dégage. Il écoute Téléphone. Je ne lui objecte pas que les textes de Téléphone ont de l'importance, il prétendrait que je lui fais la leçon. Et pour lui, en cet instant, je ne suis qu'une midinette irrécupérable.

Si je l'avais su à ce moment-là, j'aurais pu lui dire que Duras raffolait de « Capri, c'est fini ». Dans *Yann Andrea Steiner*, du reste, elle écrit : *Oui. Un jour cela arrivera, un jour il vous viendra le regret abominable de cela que vous qualifiez « d'invivable », c'est-à-dire de ce qui a été tenté par vous et moi pendant cet été 80 de pluie et de vent. Quelquefois c'est au bord de la mer. Quand la plage se vide, à la tombée de la nuit. Après le départ des colonies d'enfants. Sur toute l'étendue des sables tout à coup, ça hurle que Capri c'est fini. Que C'ÉTAIT LA VILLE DE NOTRE PREMIER AMOUR mais que maintenant c'est fini. FINI. Que c'est terrible tout à coup. Terrible. Chaque fois à pleurer, à fuir, à mourir parce que Capri a tourné avec la Terre, vers l'oubli de l'amour.*

J'aurais pu lui parler également de ce que François Truffaut fait dire au personnage interprété par Fanny Ardant dans *La Femme d'à côté* ; en plus, je venais juste de voir le film : *J'écoute uniquement les chansons, parce qu'elles disent la vérité. Plus elles sont bêtes, plus elles sont vraies. D'ailleurs, elles ne sont pas bêtes. Qu'est-ce qu'elles disent ? Elles disent : « Ne me quitte pas... Ton absence a brisé ma vie... » ou « Je suis une maison vide sans toi... Laisse-moi devenir l'ombre de ton ombre... » ou bien « Sans amour, on n'est rien du tout... »*

Ce à quoi Depardieu lui répond : *Bon, Mathilde, il faut que j'y aille maintenant.*

C'est ce même désir de passer à autre chose, ce même dédain fatigué que je ressens lorsque Thomas commente mes goûts musicaux. Il se reprend lorsqu'il repère les livres, la foule des livres alignés ou empilés. D'un coup, une forme d'admiration lui revient. Mais une admiration douloureuse. Ce qui lui plaît chez moi est ce qui m'éloigne de lui.

Il dit qu'il veut me sucer, que ça ne peut pas attendre, on jurerait que ce besoin vient de surgir, qu'il n'a pas été élaboré plus tôt, qu'il ne s'est pas construit au long des jours sans moi, non, il éclate, là, il se manifeste, la seconde d'avant il n'existait pas. Il me jette sur le lit, dégrafe mon jean, baisse mon caleçon, s'il le pouvait il le déchirerait, c'est une image de film pornographique hétéro, la fille à qui on arrache sa culotte de coton blanc, je me laisse faire, mon sexe grossit dans sa bouche. D'abord, je n'ose pas le regarder tandis qu'il me suce, je me dis qu'il ne supportera pas d'être regardé en train de faire une chose pareille, je me dis encore que tout doit être accompli selon ses seuls appétits à lui, selon ses seules inhibitions aussi. Et finalement, lentement, je relève la tête, je me redresse sur mes coudes, et je le contemple, frappé par sa voracité, on dirait un enfant mort de faim à qui on vient de donner de la nourriture, et qui préfère s'étouffer. J'ignore de quelles profondeurs vient cette nécessité d'un sexe d'homme, chez lui, je devine en revanche le refoulement, l'autocensure, qui ont précédé pareil empressement.

Pendant quelques semaines, je me demanderai s'il ne m'a pas choisi uniquement parce que j'étais disponible, parce que j'étais le véhicule idéal pour combler ses désirs réprimés, et parce qu'il n'en avait pas repéré d'autres comme moi. Je me répéterai : au fond, pour lui, je ne suis que le garçon avec qui il baise, rien de plus, réduit à un corps, un sexe, une fonction.

À propos de sexe décomplexé, mentionner ceci, avant que j'oublie : bien des années plus tard, je fréquenterai des acteurs porno, je vivrai même en colocation pendant de nombreux mois avec l'un d'entre eux, en Californie, mecque de cette industrie. Je me rendrai régulièrement sur des tournages, je les verrai se chauffer, mimer l'attirance, empoigner l'autre, tenir la cadence, s'immobiliser pour une photo, reprendre comme si de rien n'était, ahaner pour de faux, je deviendrai proche de ces garçons qui font l'amour contre quelques centaines de dollars. Je découvrirai que certains s'y adonnent pour gagner leur vie, et pour ceux-là il s'agit d'un métier comme un autre, ils se débrouillent avec ce que la nature leur a attribué. D'autres sont des machines de guerre, ils passent des heures chaque jour dans des salles de sport, dans le seul but d'arborer un corps parfait, ou plus exactement un corps qui corresponde aux canons de ce business, ils se shootent aux stéroïdes, leurs épaules sont constellées de boutons, ils se paient des séances de bronzage, sur le plateau ils livrent une compétition. D'autres enfin prennent du plaisir à multiplier les partenaires, à s'ébattre devant une caméra, il leur arrive même de tomber sous le charme de leur partenaire du jour, cela confère plus de vérité à la scène peut-être.

Tous raffolent de leur corps. Tous affirment que le sexe est, pour eux, un besoin vital, une drogue. Tous ou presque sont des garçons touchants.

Thomas se déshabille, éparpille ses vêtements dans la pièce, il veut être nu à son tour, et que les peaux se touchent (il n'a aucun problème avec la nudité, il m'apprend à avoir moins peur de la mienne). Il me caresse, ses mains sont expertes, il sait ce qu'il doit faire. Il mange mes hanches, mon torse. Il gémit. J'entends ce gémissement, qu'il n'a pas pu contenir, qu'il a libéré sans s'en rendre compte lui-même peut-être : il m'émeut absolument. Je l'ai écrit, je crois : rien ne m'émeut davantage que ces instants d'abandon, d'oubli de soi.

Il se couche sur le ventre pour que je le pénètre, se cambre légèrement. Je vois le duvet de poils qui court sur l'arête de ses fesses. Je glisse ma langue, il gémit à nouveau, il tremble aussi, j'aperçois la chair de poule à la surface de son cul. J'entre en lui. Devant mes yeux un poster de Goldman, tout autour de moi le décor d'une chambre d'adolescent, un adolescent que je suis en train de tuer.

Après, il parle à nouveau. On jurerait qu'une vanne s'ouvre. La vérité, c'est qu'il ne parle pas beaucoup. Dans sa famille, les repas sont silencieux, les soirées sont courtes, l'épuisement oblige à se coucher tôt. Au lycée, il laisse les autres raconter leurs histoires, je l'ai bien vu, il se tient toujours un peu en retrait, tire sur une cigarette, ce sont les autres qui s'expriment, parfois il ne fait même pas l'effort de leur donner l'impression qu'il les écoute. Je me souviens que c'est cela qui m'a plu chez lui, l'enfermement apparent, l'isolement. Avec moi, il se sent autorisé à poser une parole. Mais peut-être le fait-il pour lui-même, comme on envoie des bouteilles à la mer, ou comme on tiendrait un journal intime ou encore à la manière du barbier du roi Midas : parce que c'est trop à garder pour lui.

Il parle des *petites sœurs*. Nathalie et Sandrine. Seize et onze ans.

Il dit que Nathalie a un an et demi de moins que lui, que c'était *logique* un deuxième enfant, si vite après le premier, mais qu'elle ne lui ressemble pas du tout, elle tient de son père, elle a des yeux clairs ; une force aussi qui est celle du père.

Je dis : toi, tu tiens de ta mère alors ? Il dit qu'il a son regard sombre, oui. Il ajoute : quelque chose d'étranger. Je ne comprends pas cette phrase. Je ne demande pas d'explication. Je présume qu'elles viendront, les explications.

Nathalie a quitté les études générales pour apprendre le secrétariat dans un établissement spécialisé où elle est pensionnaire, elle rentre le vendredi soir, mais aide aux travaux de la ferme le week-end, il y a toujours quelque chose à faire.

Il dit qu'ils ne s'entendent pas vraiment, elle et lui, qu'ils n'ont pas d'atomes crochus ; il la trouve trop concrète, trop de plain-pied dans la vraie vie, trop donneuse de leçons, comme si elle était déjà vieille.

En revanche, il adore Sandrine, la petite dernière, arrivée à retardement ; un accident. Son visage s'illumine quand il l'évoque. Pourtant, sa venue au monde a résonné comme une catastrophe pour les parents. Les médecins ont prononcé la sentence tout de suite : elle n'est pas normale, ne le sera jamais. Il n'y avait pas d'échographie à l'époque, on n'avait rien pu déceler. L'anormalité a provoqué la stupeur. Sandrine est bloquée dans l'enfance, pour toute la vie. Son père ne sait pas quoi en faire, Nathalie n'est pas toujours gentille, elle s'exaspère rapidement de la lenteur, de la maladresse de la petite. Quant à la mère, elle ne dit rien, mais ne se départ pas d'une certaine tristesse depuis que l'enfant attardée est là.

Il est l'aîné, le seul garçon, il laisse entendre que cela engendre une responsabilité particulière.

Moi, je suis le cadet. Mon frère poursuit des études brillantes, bientôt il fera une thèse, deviendra un très honorable docteur en mathématiques, recevant même les félicitations du jury, optera pour la recherche, publiera des articles dans des revues internationales inaccessibles au profane, donnera des conférences dans le monde entier. Imaginez ce que cela signifie de venir après lui. La comparaison m'est systématiquement défavorable. C'est pourquoi j'explique à Thomas que le destin qu'il envisage pour moi ne peut être qu'une route secondaire comparé à celui qui attend mon aîné. Il assure que je me trompe.

J'ajoute que j'ai failli avoir un petit frère : ma mère est tombée enceinte sept ans après ma naissance mais la grossesse n'est pas allée à son terme, la fausse couche a eu lieu très tard, presque au sixième mois, ma mère est sortie exsangue et désespérée de cette épreuve, même si elle n'a jamais prononcé un mot sur le sujet (non, pas un seul – une rigueur exemplaire). Il aurait dû s'appeler Jérôme ou Nicolas. Souvent, je pense à ce frère que je n'ai jamais eu.

Thomas dit : tu vois qu'on appartient à des mondes différents. *Des mondes qui n'ont rien à voir.*

J'en reviens à sa mère, c'est elle qui m'intéresse. Tout de suite, il m'apprend qu'elle est espagnole. Elle est venue en France il y a vingt ans, avec ses frères, on leur avait trouvé du travail dans une ferme, pas d'exil à cause du franquisme dans cette histoire, pas de volonté d'échapper au parti unique, à la censure, aux juridictions d'exception, au despotisme, non, rien qu'une jeune fille qui savait que du travail, il y en avait de l'autre côté de la frontière, elle a rencontré Paul Andrieu, vingt-cinq ans, une allure folle, les frères ont fini par repartir, elle est restée.

Je demande : où en Espagne ? Il balaie ma question d'un revers de main, assure que je ne peux pas connaître. Comme j'insiste, il donne le nom malgré tout. Vilalba. Je dis : oui, c'est en Galice, dans la province de Lugo. Il s'étonne : comment tu sais ? Je dis : ça se trouve sur la route de Saint-Jacques-de-Compostelle. Il demande si j'y suis déjà allé. Je dis que non, jamais, pourquoi j'y serais allé, pas du genre à faire le pèlerinage, mais que je l'ai lu dans un livre, que je l'ai retenu. Il se moque de moi, il dit : j'étais sûr que tu étais un garçon comme ça, qui sait les choses grâce aux livres. Il ajoute, accablé : mais le pire, c'est que, si on nous interrogeait tous les deux, je suis quasiment certain que tu réussirais à en parler mieux que moi.

Une fois devenu romancier, j'écrirai sur des lieux où je ne me suis jamais rendu, des lieux dont j'aurai simplement lu le nom sur une carte, dont j'aurai aimé la seule sonorité. *Un instant d'abandon*, par exemple, se passe à Falmouth, dans les Cornouailles britanniques, où je n'ai jamais mis les pieds. Les gens qui l'ont lu ont pourtant été persuadés que je connaissais l'endroit *comme ma poche*. Certains ont même été jusqu'à prétendre que la ville était *exactement* telle que je l'ai décrite, que c'était saisissant, une telle exactitude. À ceux-là, en général, j'explique que la vraisemblance importe plus que la vérité, que la justesse compte davantage que l'exactitude et surtout qu'un lieu, ce n'est pas une topographie mais la manière dont on le raconte, pas une photographie mais une sensation, une impression. Quand Thomas m'apprend que sa mère est originaire de Vilalba, je visualise aussitôt une fillette aux cheveux mi-longs, aux yeux noirs, vêtue d'une petite robe blanche en lin, seule dans une ruelle pavée, écrasée de chaleur, comme abandonnée, et puis une église un dimanche matin, les fidèles assistent à la messe, et aussi une tour aux allures de forteresse au pied de laquelle des enfants feront des parties de cache-cache tout à l'heure, la fillette se joindra à eux, et des hôtels à la sortie de la ville pour les pèlerins de passage, un monde fossilisé, l'ennui. Je suis convaincu que l'image est juste. Et même si elle ne l'est pas, je forme l'espoir que le lecteur a *vu* la fillette, et ce faisant qu'il a *vu* la ville.

Dans l'enfance, dans l'adolescence, il se rend là-bas, à plusieurs reprises, l'été, pour des séjours très courts parce que c'est impossible de laisser la ferme longtemps, le petit apprenti appointé pour l'occasion ne peut pas tout faire, les bêtes ont besoin d'attention permanente, les récoltes pourraient se perdre. Ils prennent la voiture, d'abord une Simca 1100 verte, ensuite une Peugeot 305 break (comment je me souviens de ça ?), les trois gamins installés à l'arrière, les valises posées sur le toit. Il fait une chaleur insoutenable, le père a disposé des torchons sur les vitres pour filtrer le soleil. Ils s'arrêtent toutes les deux heures sur des aires d'autoroute, des parkings, pour manger les sandwiches emmaillotés dans du papier aluminium, préparés le matin avant de partir, ou pour se dégourdir les jambes, pour faire pipi, pour le plein d'essence. Ils repartent, la radio est allumée mais la plupart du temps ça ne capte pas ou mal, les chansons arrivent hachées, inaudibles, les blagues on n'en entend jamais la chute, les informations on ne les écoute pas. Le trajet paraît ne jamais devoir finir.

Toute la famille de sa mère vit encore à Vilalba. Les frères se sont mariés, ils ont des enfants, il a des cousins, des cousines, tout ce petit monde habite dans un périmètre d'un kilomètre, pas plus. Les retrouvailles sont joyeuses, les au revoir sont tristes, on regrette d'avoir eu si peu de temps. Il dit qu'il ne connaît pas très bien Vilalba, parce que en fait, ils restent à la maison, pour des conversations interminables, ponctuées de rires et de lamentations, pour des déjeuners, des dîners qui s'étirent en longueur. Il dit que l'Espagne, pour lui, c'est les gens de sa famille, qui se coupent la parole et qui mangent et qui boivent et qui s'aiment, jusqu'à la tombée de la nuit.

Je dis : c'est pour cette raison que tu as précisé que tu avais *quelque chose d'étranger* ? Il dit : oui, les yeux sombres, la peau brune. Et ce sentiment, qui sait, de ne pas être tout à fait à sa place, ici, d'être une sorte de déraciné, comme si on pouvait avoir le déracinement en héritage.

Je ne lui demande pas s'il a la fragilité de sa mère aussi. Pourtant, la question me brûle les lèvres depuis qu'il a signalé que sa sœur possédait la force du père. Il refuserait de répondre à cette question, parce qu'elle est trop intime, et l'obligerait à une introspection, ou à un aveu. Je suis convaincu, en revanche, qu'il en a la gracilité, que la finesse de l'armature vient d'elle, la nonchalance également.

Il dit : ce que je n'ai pas d'elle, c'est la foi. Sa mère est très croyante, catholique pratiquante, elle se rend à l'église chaque semaine et même il lui arrive d'y aller plusieurs fois, surtout depuis que la petite dernière est là, demande-t-elle une explication à Dieu, pourquoi Il lui a envoyé cette épreuve, ou comment trouver le courage de tenir, d'être une bonne mère, malgré tout ? Elle porte une médaille de la Sainte Vierge autour du cou, possède évidemment un chapelet qu'elle roule entre ses doigts et, dans la chambre conjugale, une croix a été fixée au-dessus du lit. Elle est allée jusqu'à punaiser une affiche représentant Jésus, le fils de Notre-Seigneur, sur un des murs de la salle à manger, à côté du buffet. Il dit qu'il a grandi avec ça. Je dis : ça ? cette bondieuserie, tu veux dire ? Il m'ordonne de ne pas employer ce mot. Lui n'est pas croyant, mais il respecte la foi de sa mère. Il ajoute qu'il fait semblant de croire, afin de ne pas la blesser. C'est comme ça. Elle a besoin de se persuader que son fils emprunte le bon chemin.

Je me suis longtemps demandé si cette présence encombrante de la religion, si la séparation d'avec le Mal comme principe divin seriné jour après jour, si le message biblique sur la différenciation intériorisé par la génitrice, si l'exaltation des relations stables pratiquée dans cette famille sans taches avaient pu exercer une influence sur l'enfant interdit de rébellion. Je crois que oui.

Il précise qu'il a suivi le catéchisme, fait sa communion solennelle. Que c'était dans l'ordre des choses.
Je le surprends en lui apprenant que cela nous fait un point commun.
J'ai six ans. Le mercredi après-midi, tous les camarades de mon âge se rendent au « caté ». Et tous nous assurent qu'ils « s'y amusent ». Mon frère et moi avons interdiction de pénétrer dans une église, a fortiori de suivre les enseignements d'un curé ! J'accomplis donc une transgression formidable le jour où, en cachette de mon père, je me joins au groupe déjà constitué. Dans ce remake charentais de don Camillo et Peppone, le curé s'étonne de ma présence, flairant presque une arnaque, je lui assure que j'ai l'autorisation parentale d'être là. Je suis déjà capable de mentir avec un aplomb saisissant. À la fin de la séance, le curé me raccompagne à l'école : mon père est aux quatre cents coups, il m'a cherché partout, a pris peur. Pourtant, ce n'est pas du soulagement qu'il éprouve

lorsqu'il me voit tenant la main de l'homme de Dieu, ou alors il s'agit d'un soulagement très bref car je distingue très nettement le courroux dans son regard. Le curé, quant à lui, a le triomphe modeste. Je prends la parole, expliquant que j'ai adoré ce moment dans l'église, autour du prêtre et que je souhaite poursuivre l'expérience. Mon père, magnanime, répond, à ma stupéfaction : c'est d'accord. Pendant quatre ans, je me rendrai donc au catéchisme tous les mercredis, à la messe tous les dimanches matin, et l'enthousiasme des commencements s'estompera vite pour laisser la place à l'ennui d'une corvée. Mon père, dont la magnanimité n'était en réalité qu'une forme de perversité, m'obligera à aller jusqu'au bout, à ne manquer aucun rendez-vous. À dix ans, quand arrive enfin le moment de la communion solennelle, je déteste Dieu, l'Église et les curés. Bien joué.

Je dis à Thomas, sur le ton de la plaisanterie : tu vois que nous ne sommes pas si différents.

Ce souvenir me ramène par la même occasion à la figure du père. Je me rends compte qu'il parle peu du sien. Certes, il a évoqué sa robustesse, son allure, la difficulté avec l'enfant attardée. Je l'imagine comme un beau taiseux frugal. Et je devine que l'homme se consacre essentiellement à son travail, faire vivre la ferme, tenir bon. Mais je ne sais rien des rapports entre son fils et lui. Thomas dit : c'est difficile de savoir ce qu'il pense. Manière élégante de laisser entendre que le père n'a pas de mots affectueux, rassurants, pas de gestes tendres, qu'il demeure sur un quant-à-soi, que ce qu'il offre est un mélange de réserve et de fierté. Je sais ce que c'est, d'être le fils d'un homme comme ça.

Je me demande si la froideur des pères fait l'extrême sensibilité des fils.

Thomas et moi, on est étendus sur le lit. Ma tête repose sur son torse. J'ignore comment nous nous sommes retrouvés dans cette position. Je présume que c'est advenu avec la conversation. Non loin de nous, un miroir sur pied où d'ordinaire je m'observe le matin, une fois habillé, pour mettre de l'ordre dans mes cheveux et où là, je peux contempler notre reflet. Dans cette position, je comprends soudain que j'ai changé. Vieilli, peut-être. Que je ne suis plus le garçon complexé, effarouchable, et qu'on peut insulter, plus le garçon éveillé, pensant, c'est autre chose désormais, qui découle de l'usage du corps, du fait d'attiser le désir aussi, du partage avec un autre également, de la victoire sur une forme de solitude. Alors, bien sûr, je ne peux témoigner de rien, *à l'extérieur*, cela fait partie du contrat, mais je songe que ça va se voir sur moi, cette modification, que, si on est un peu attentif, on apercevra la différence ; c'est éclatant.

En effectuant récemment du tri dans mes affaires, restées dans le secrétaire de ma chambre, tri rendu nécessaire par la décision de ma mère de « refaire la pièce à neuf, de se débarrasser de toutes ces vieilleries qui ne servent à rien », je suis tombé sur deux photos. L'une date de la classe de première, l'autre de l'été du bac. La comparaison est saisissante : le jeune homme n'est plus du tout le même. Sur la première photo, il est rabougri, les épaules tombent, le regard fuit. Sur la seconde, il sourit, sa peau est ensoleillée. Alors, bien sûr, les circonstances jouent un rôle. Mais moi, je suis convaincu que c'est l'amour à la dérobée qui explique la métamorphose.

Thomas consulte l'heure à la montre de son poignet. Il s'agit d'une Casio à affichage numérique, je l'ai remarquée à notre premier rendez-vous, j'aimerais en avoir une, moi aussi. Il se redresse aussitôt, m'obligeant à quitter la douceur du poitrail. Il dit qu'il doit y aller, qu'il est déjà en retard, que son père l'attend, quelque chose à faire dans les vignes. Il enfile ses vêtements à la hâte. J'objecte que le bus ne passe que dans une demi-heure, qu'il peut rester encore un peu. Il ne prend pas le bus, il a une Suzuki 125, qu'il a garée un peu plus haut dans la rue. Je ne me souviens pas de l'avoir jamais vu avec un casque, il dit qu'il roule sans la plupart du temps, il ne croise jamais de flics sur les routes de campagne. Je dis : tu m'emmèneras faire un tour, un de ces jours ? J'escompte un haussement d'épaules, un ricanement, le rappel de la règle de discrétion. À la place, il demande : tu voudrais ? Je songe que oui, décidément, quelque chose est en train de changer.

Il tiendra promesse. Quelques semaines plus tard, il m'emmènera. Il me récupérera à la sortie de la ville, avec un casque cette fois, je ne saurai pas si c'est par mesure de précaution, pour respecter la loi ou pour que nous ne soyons pas reconnus, je monterai à l'arrière, je m'agripperai à lui, nous irons rouler à vive allure sur des routes de campagne, au milieu des bois, des vignes, des champs d'avoine, ça sentira l'essence, ça fera du bruit, j'aurai peur parfois quand les roues glisseront sur les gravillons, dans les chemins défoncés, mais l'important, ce sera d'être agrippé à lui, d'être *dehors* agrippé à lui.

En attendant, il décampe, dévale l'escalier, me salue à peine avant de prendre congé. Quand la porte se referme, le silence pèse si lourd qu'il pourrait me faire ployer les genoux. Les effluves de son odeur me sauvent, son odeur intime empreinte de cigarette et de sueur. Ce qui subsiste de lui.

Après ? Après, il y a d'autres rendez-vous clandestins. Principalement dans ma chambre ; le côté pratique l'a emporté. Des rendez-vous plus rapprochés, qui nécessitent de l'inventivité, de l'organisation, de la prudence, nous avons parfois l'impression de nous comporter en comploteurs. Il n'y a alors pas de téléphone portable, je dois appeler chez lui, quand je tombe sur une voix inconnue parfois je raccroche souvent je me présente, sous une autre identité, après tout Thomas a le droit d'avoir un camarade prénommé Vincent, on n'y voit que du feu (Vincent, encore un prénom dont je me servirai plus tard, dans les romans). Ou alors je dépose un mot dans son casier – chaque élève en possède un, attribué en début d'année – avec la mention d'un jour, d'une heure, sans signature, sans signe distinctif ; il me répond par le même canal. Il arrive aussi que nous fixions la prochaine rencontre d'une fois sur l'autre, en quittant la chambre, mais c'est plus rare, comme s'il y avait dans le procédé quelque chose de vulgaire, qui ramènerait notre histoire au rang d'obsession érotique.

Nous ratons des cours aussi, nous prétextons être souffrants, il dit que ça va éveiller les soupçons, ces jours-là il est nerveux.

Il y a l'amour qui se fait.
Je retire la bretelle de son marcel. Il me semble alors qu'aucun geste n'est plus sensuel, plus affolant.
Il passe et repasse le dos puis le plat de sa main sur mon ventre, mes hanches.
Il me tend sa cigarette pour que je prenne une bouffée. Je tousse aussitôt. Lamentable.
Je donne des petits coups de langue sur chacun des nævi de son corps. Il en a trente-deux, j'ai compté.
Je change son pansement. Il s'est blessé avec un sarment qui l'a entaillé profondément.
Je le regarde s'assoupir, son visage roule sur le côté gauche, il se réveille aussitôt.
Il place les écouteurs de son Walkman sur mes oreilles, il veut que j'écoute du Bruce Springsteen.
Un peu ivre, il danse devant moi, en entendant l'écho amorti de la chanson. Je crois rêver.
Le reste du temps, on s'embrasse, on se suce, on s'encule.

Un jour, je suggère qu'on aille au cinéma. J'ai préparé mes arguments : au Club, il ne vient jamais personne ou presque, surtout aux séances de milieu d'après-midi, et les rares spectateurs sont plutôt âgés, on ne risque pas d'être reconnus. J'ajoute une proposition : il entre en premier et si, cinq minutes plus tard, quand les publicités ont déjà commencé, il n'est pas ressorti, c'est que la voie est libre et que je peux entrer à mon tour. Il comprend que j'ai pensé à tout. Je dis que je suis bien obligé ; avec lui. Il me demande si c'est un reproche. Je réponds que non, que je n'ai pas oublié ce qu'il m'a expliqué, dès le premier jour, dans le café aux ivrognes.

J'ai découvert le cinéma quatre ans plus tôt, quand nous avons quitté le village, le logement au-dessus de l'école, les tilleuls, pour venir nous installer à Barbezieux : ça a été une révélation. C'est un cinéma modeste pourtant : peu de sièges, peu de moyens, peu de séances, mais, pour l'enfant débarqué du village, l'enfant qui devait impérativement aller se coucher tous les soirs à huit heures et demie, impossible de grappiller ne serait-ce qu'une poignée de minutes supplémentaires, malgré les implorations, les subterfuges, les comédies, et qui n'a jamais vu un film, il s'agit d'un nouveau monde. D'emblée, j'aime le noir de la salle, les fauteuils moelleux, profonds, à bascule, marron (à l'époque, le marron n'est pas une couleur affreuse), l'écran gigantesque (dans mon souvenir il l'est ; en réalité, un peu moins), l'odeur de pop-corn (et de moisi aussi, comme si régnait une humidité persistante). Même le générique de Jean Mineur me plaît, j'attends ce gamin souriant qui lance son pic dans une cible, je sais qu'il va mettre dans le mille, qu'un numéro de téléphone va surgir, le film peut commencer. À douze treize ans, je ne vais pas voir les films de mon âge, les dessins animés de Walt Disney par exemple, je crois ne les avoir jamais vus par la suite, je n'ai pas corrigé cette carence originelle, ni les films d'action ou de science-fiction, ni même *La Boum* que les adolescents connaissent par cœur, spontanément ça ne m'intéresse pas, non moi je choisis les films *pour vieux*, ceux de François Truffaut, d'André Téchiné, de Claude Sautet, les films scandaleux aussi comme *L'Homme blessé* de Chéreau, ou *Possession* de Zulawski. Quand je l'avoue à Thomas, il dit : ça ne m'étonne pas.

Tout de même, il ajoute : tu as vraiment vu *L'Homme blessé* ? Je lui réponds que c'est un des plus grands chocs jamais ressentis, et pas seulement cinématographiques, bien sûr. Pour la première fois, je vois l'homosexualité représentée à l'écran, et qui plus est de manière crue, directe, décomplexée. Je raconte à Thomas la saleté et l'urgence de la gare, la promiscuité blafarde des pissotières, le mélange des putes et des clodos, la sensation très nette que ça pue la merde et le foutre. Je lui raconte le trafic des sentiments, la marginalité, les corps qui se cherchent, se pressent, se séparent dans la violence. Je le sens dégoûté. Il dit que ce n'est pas ça. Il ne dit pas la phrase en entier. Il ne dit pas : ce n'est pas ça, *l'homosexualité*. Il n'est pas capable de prononcer le mot ; d'ailleurs il ne le prononcera pas une seule fois. Il dit : ça donne une image dégueulasse. Je me rappelle l'expression : image dégueulasse, qu'il emploie à la place de : vision malheureuse, par exemple. Certains ont fait ce reproche à Chéreau. J'objecte qu'il se trompe, qu'il s'agit d'une histoire d'amour avant tout, de la passion d'un adolescent pour un homme, qu'on ne peut pas faire plus pur que cet amour-là. Je parle de la pureté de l'amour fou. Il dit qu'il n'ira jamais voir le film.

À ce moment-là, j'ignore qu'Hervé Guibert, l'auteur du scénario, deviendra pour moi un écrivain de référence. Six mois plus tard, je découvrirai *Les Aventures singulières*. Et ces phrases qui me crucifieront : *Penser que je puisse t'aimer est peut-être une toquade, mais j'y pense. Je n'espère rien de toi que te regarder, t'entendre parler, te voir sourire, t'embrasser. Ce désir n'est pas localisé, ce n'est qu'un désir de rapprochement.* Je découvrirai que les livres peuvent parler de moi, pour moi. (Et, au passage, la puissance inouïe des écritures blanches, neutres, au plus près du réel.) Six ans plus tard, Guibert annoncera qu'il est malade du sida, qu'il va en mourir. Je me demande alors si *L'Homme blessé* est un film prémonitoire ou si, au contraire, il montre les derniers feux de l'amour libre, sans contraintes, sans frayeur, sans morale. Juste avant l'hécatombe.

J'ignore également que je serai amené à rencontrer Patrice Chéreau, à travailler avec lui. Il adaptera un de mes romans. Une histoire de fraternité et d'agonie, de corps supplicié qui s'approche de la mort. Comme une boucle bouclée vingt ans après.

En cet hiver 1984 qui touche à sa fin, le film que je meurs d'envie de voir, c'est *Rusty James*, de Coppola, annoncé comme le prolongement de *The Outsiders*, sorti quelques mois plus tôt. J'ai tant aimé ce récit sur la jeunesse, le désœuvrement, la force des liens noués à l'adolescence, l'émancipation, où figurent tous ceux qui feront le cinéma des années quatre-vingt : Tom Cruise, Patrick Swayze, Matt Dillon, Rob Lowe. J'ai tant aimé ces mauvais garçons aux cheveux gominés qui ne sont rien d'autre que les petits frères de ceux de *La Fureur de vivre*. Mais surtout, je suis littéralement tombé amoureux de C. Thomas Howell, qui interprète PonyBoy. Je me rappelle avec une précision confondante la sensation physique du coup de foudre éprouvé alors. Il me faudra des semaines pour me débarrasser de cet émoi, pour admettre sa parfaite inanité. Du reste, je me rends compte, *après coup*, que Thomas lui ressemble (je me demande si mon inconscient a parlé, je chasse aussitôt cette pensée). Quand je lui apprends que *Rusty James* a été tourné en noir et blanc, il dit : on ne peut pas aller voir un truc pareil, on n'est pas nos parents.

À la place, nous achèterons des billets pour *Scarface* de Brian De Palma. J'ai pourtant fait observer que la critique est épouvantable : on déplore de la violence gratuite, un langage inutilement grossier, une esthétique tapageuse. Mais c'est Thomas qui a raison, bien sûr. Le film est un chef-d'œuvre, peut-être d'abord une fable féroce sur l'argent qui corrompt. Tandis que défile le générique, il dit : géniale, la scène de la tronçonneuse, hein ? Je le regarde et je lui réponds, avec ironie : j'ai failli me serrer contre toi, à ce moment-là. Il sourit en retour. Je reçois ce sourire comme un cadeau. Il n'y a pas eu tant d'occasions où Thomas m'a souri. Ce n'était pas son genre.

Il se souvient aussi d'une réplique. Je dis : laquelle ? Il dit : *J'ai des mains faites pour l'or et elles sont dans la merde.*

Peu de temps après cet épisode, on va se retrouver à nouveau, lui et moi, dans un même lieu, cerné de gens. Mais cette fois sans l'avoir voulu. Et ce hasard fera toute la différence.

Je suis invité à une soirée d'anniversaire. J'ai hésité avant de m'y rendre. Je n'ai de goût ni pour les célébrations ni pour les réunions (je n'ai guère changé sur ce point). Le week-end précédent, j'ai d'ailleurs causé un esclandre du fait de mon dédain pour les rassemblements annoncés comme festifs.

Il s'agissait d'une noce. La mariée était une de mes cousines. D'abord, il avait fallu se rendre à l'église, écouter les boniments d'un curé qui transpirait, poser pour la photo sur les marches, partager sur papier glacé la joie benoîte de cette famille interminable. Et puis, on était allés boire une infâme piquette dans une salle polyvalente mal chauffée. Les verres étaient en plastique blanc. Les cacahuètes avaient été achetées en gros. Tout ça sentait les économies de bout de chandelle, pas la misère mais la médiocrité, ce qui est indéniablement beaucoup plus impardonnable. Plus tard, la meute s'était mise en branle pour rejoindre une ginguette improbable dans une commune perdue où mon père avait enseigné jadis. Je me souviens des rires gras, des conversations hurlées, des fronts en sueur, des chemises tachées de vin de mes oncles, de toute cette bonne humeur paillarde, de cet entassement de chairs rougies, de panses repues. Je me souviens de jeux qui me font honte rétrospectivement, pendant lesquels une femme devait, les yeux bandés, reconnaître son mari en tâtant les mollets offerts de cinq hommes pris au hasard ou pousser une pomme posée à même le sol à l'aide d'une banane qui pendait entre ses jambes, accrochée à une ficelle autour de sa taille. Je me souviens de cette absolue vulgarité, de cette humanité grasseyante, et tout cela me fait horreur. À table, à côté de moi, un de mes cousins, quatorze ans à peine, racontait des exploits sexuels que j'ai présumés imaginaires à un camarade prépubère, et me poussait du coude pour connaître la nature exacte de mes conquêtes amoureuses (j'avais du reste hésité à lui dire : je suce des bites, tu veux savoir autre chose ?). Plus loin, des chanteurs du dimanche habillés comme des garagistes en goguette ou des représentants de commerce, et qui avaient un peu trop forcé sur la brillantine, beuglaient des romances anciennes ou massacraient des classiques à peine reconnaissables. Sur le coup de onze heures, des quadragénaires avinés s'étaient mis à se trémousser au son de « La Danse des canards » pendant que des veuves sans âge les contemplaient avec un sourire béat. Je n'avais qu'un désir : fuir, et c'est précisément ce que j'ai fait. Je suis allé trouver mon père et sur un ton qui a dû l'impressionner fortement puisqu'il s'est exécuté dans la seconde, sans même discuter, sans parlementer, lui qui ne goûtait guère les scandales, je l'ai prié de me raccompagner à la maison. Sur le chemin du retour, je me suis juré de ne plus jamais me retrouver dans pareille situation.

Une fête d'anniversaire entre jeunes gens n'est certes pas un mariage mais on peut facilement glisser vers une sorte de trivialité ou d'ennui, l'âge ne changeant pas forcément grand-chose à l'affaire. Je sais qu'écrivant cela, je donne sans doute l'impression d'avoir été un garçon hautain et un peu trop délicat (et sans doute l'étais-je, pour partie). Avec le recul, je crois que c'est simplement la peur panique de la foule, de ses mouvements, de sa possible transformation en meute qui me poussait vers la misanthropie.

Ce soir-là sont essentiellement rassemblés des élèves du lycée, je reconnais les visages. Une fille populaire et avenante, avec qui j'ai discuté à plusieurs reprises parce qu'elle est une amie de Nadine, fête ses dix-huit ans (l'âge auquel on devient *majeur*, c'est-à-dire considérable, essentiel, voire capital, la borne à partir de laquelle on est officiellement grand, alors qu'avant, on est supposé être insignifiant, non citoyen ; je me suis toujours amusé de ces frontières artificielles). C'est d'ailleurs Nadine qui a insisté pour que je l'accompagne, elle ne cesse de me répéter que je ne suis pas sociable, que la vraie vie n'est pas dans les livres, que la légèreté, l'insouciance, l'ivresse ne sont pas des gros mots. C'est elle qui voit juste : j'aurais dû l'écouter beaucoup plus tôt, je ne serais peut-être pas passé à côté de ma jeunesse.

La séquence est assez nette : une maison de construction récente sur le bord de la route qui conduit à Cognac, une vaste salle à manger d'où l'on a retiré une grande partie des meubles, des dalles de carrelage beige, des décorations accrochées aux portes-fenêtres et aux lustres, des spots qui balancent leur lumière stroboscopique, à part ça une ambiance tamisée, des éclairages allumés dans le jardin attenant situé à l'arrière et qui rendent plus vert encore le vert d'un gazon, des garçons et des filles, plus d'une trentaine, des cheveux un peu trop blonds ici ou là, des jeans qui laissent apparaître des socquettes blanches et des sweat-shirts pour les uns, des vestes à épaulettes et des fuseaux pour d'autres, des couleurs fluo mélangées à des silhouettes gothiques. La bande-son est à l'unisson : on danse sur « Wake Me Up Before You Go-Go » des

Wham ou « Footloose » de Kenny Loggins, on connaît par cœur les paroles de « Toute première fois » de Jeanne Mas, on s'embrasse sur « Time After Time » de Cyndi Lauper. Et, jetant une mélancolie inattendue mais bienvenue, quelqu'un passe « 99 Luftballons » de Nena.

C'est sur les notes mourantes de cette chanson que Thomas m'apparaît. Oui, d'un coup, il est là, au milieu de la pièce, je ne l'ai pas vu arriver, désormais il occupe tout l'espace, ou il le ramène à lui, le rapporte à sa seule dimension ; on jurerait qu'on a éteint la lumière sur tous les autres, au moins qu'on les a précipités dans une obscurité. (Je crois me souvenir d'un bout d'essai de James Dean pour *La Fureur de vivre*, des jeunes gens sont réunis dans une pièce, ils sont sains, séduisants, leurs visages sont alignés comme dans une peinture du Greco, et puis Jimmy entre dans la pièce, dans le champ de la caméra, il est moins grand que les autres, un peu voûté, binoclard, il a un sourire narquois, pourtant on ne voit que lui, les autres ont cessé d'exister, je recompose probablement la scène, je la magnifie mais je crois à cela, que des hommes peuvent éclipser le reste de l'humanité par leur unique présence, que ça nous coupe le souffle).

La première réaction, c'est la surprise, et même un peu plus : la stupeur. Je ne m'attendais pas à lui. J'ignorais qu'il était invité (du reste, pourquoi me l'aurait-on signalé ? et qui ?). Quand je l'ai vu, la veille, il n'a pas évoqué cet anniversaire (mais, après tout, il ne me doit rien ; notre relation est fondée sur cela, le refus de toute obligation). Moi-même, je ne lui ai rien dit. Si nous l'avions su, à l'évidence, au moins l'un des deux ne serait pas venu. La vérité aussi, c'est que je ne m'attendais pas à sa présence en ce genre d'occasion. Il est si sauvage, et si rétif aux kermesses adolescentes, si peu à sa place dans un tel décor. C'est comme une incongruité. Quelque chose de déplacé.

Lui ne m'a pas encore repéré. Il est encore dans l'image non constituée, et même non envisagée, il se tient dans la virginité, la désinvolture. Il tire sur une cigarette, regarde alentour, rapidement rejoint par un de ses amis, que j'ai déjà vu, qui appartient à la même terminale, il lui serre la main avec une sorte de négligence, comme on le fait avec les vrais proches, ceux à qui on n'a rien à prouver. Aussitôt, je pense au monde dont je suis exclu, aux fraternités qu'il a construites et où je n'ai pas ma place, à ses jours ordinaires également, où je ne figure pas. L'ami incarne tout cela, le serrement de main symbolise tout cela. Moi, je suis le monde invisible, souterrain, extraordinaire. D'habitude, cette singularité me rend heureux. Ce soir, elle me fait bêtement souffrir.

Car, tout de même, il y a l'intimité foudroyante entre nous, parfois, l'insurpassable proximité, mais l'ignorance le reste du temps, l'absolue séparation : une telle schizophrénie, avouez que ça peut venir à bout de la raison des plus équilibrés. Et je n'étais pas le plus équilibré.
Il y a cette folie de ne pas pouvoir se montrer *ensemble*. Folie aggravée en l'occurrence par la situation – inédite – de se trouver au milieu d'une assemblée en devant se comporter comme des étrangers.

Folie de ne pas pouvoir afficher son bonheur. Un pauvre mot, n'est-ce pas ? Les autres, ils disposent de ce droit, ils l'exercent, ne s'en privent pas. Ça les rend plus heureux encore, ça les gonfle de fierté. Nous, on est rabougris, comprimés, dans notre censure.

Il y a cette brûlure de ne rien être autorisé à dire, de devoir tout taire, et cette question terrible, cet abîme sous les pieds : si on n'en parle pas, comment prouver que ça existe ? Un jour, quand l'histoire sera terminée, puisqu'elle se terminera, nul ne pourra témoigner qu'elle a eu lieu. L'un des protagonistes (lui) pourra aller jusqu'à la nier, s'il le souhaite, jusqu'à s'insurger qu'on puisse inventer pareilles sornettes. L'autre (moi) n'aura que sa parole, elle ne pèserait pas lourd. Cette parole n'adviendra jamais. Non, je n'ai jamais parlé. Sauf aujourd'hui. Dans ce livre. Pour la première fois.

On en est là quand, subitement, une jeune fille se jette à son cou. Elle a surgi d'une ombre, vient se frotter à sa lumière. Elle y met un tel élan, une telle énergie, une telle spontanéité aussi. Cette spontanéité m'est une blessure car le geste n'est pas seulement impulsif, il paraît naturel. Thomas est certes un peu surpris, décontenancé, mais se laisse faire, accepte la familiarité, l'étreinte. Il rend le baiser. Je pourrais n'y voir que la déclinaison féminine de la camaraderie qui s'est exprimée un peu plus tôt mais la jalousie qui m'envahit, qui me submerge, me fait voir la scène tout autrement.

La jalousie ne m'est pas un sentiment inconnu, il est néanmoins très éloigné de moi. Je ne connais pas la possessivité, n'estimant pas qu'on dispose de prérogatives sur les êtres, je ne suis pas à l'aise avec la notion même de propriété. Je respecte au plus haut point la liberté de chacun (probablement parce que je ne supporterais pas qu'on entame la mienne). Je suis capable aussi, me semble-t-il, de discernement, et même de détachement. En tout cas, ce sont des qualités qu'on m'attribue, même à cet âge-là. Généralement, je ne me comporte pas en envieux et j'ai toujours trouvé avilissante l'agressivité hideuse des mégères. Sauf que tous mes beaux principes s'écroulent en une seconde, la seconde de la jeune fille sautant au cou de Thomas.

Parce que cette scène témoigne d'une vie vécue en dehors de moi. Et me renvoie au vide, à l'inexistence de la façon la plus cruelle.

Parce qu'elle montre ce qui m'est dissimulé habituellement.

Parce qu'elle raconte le charme du garçon ténébreux et le nombre des tentatives qui doivent se produire afin de s'en approcher.

Parce qu'elle offre une alternative au garçon déboussolé, tiraillé.

En réalité, je ne supporte pas l'idée qu'on pourrait me le ravir. Que je pourrais le perdre.

Je découvre – pauvre imbécile – la morsure du sentiment amoureux.

(Et quand on a été mordu, une fois, on a peur de recommencer, plus tard, on redoute d'avoir mal, on évite la morsure pour éviter la souffrance ; pendant des années, ce principe me servira de viatique. Autant d'années perdues.)

Juste après l'étreinte, Thomas se tourne dans ma direction (il faut n'y discerner aucun lien de cause à effet, aucune expression de l'inconscient, c'est juste le hasard, le mouvement est lent) et son regard me cueille enfin. Jamais vu un tel foudroiement. Oui, c'est exactement ça : un éclair s'est abattu sur lui. D'abord à cause de la révélation de ma présence. Ensuite, je présume, du fait de l'image qu'il renvoie en cet instant, celle du garçon courtisé, ayant négligemment posé sa main sur la hanche de la fille. Difficile de faire pire. Il a la blancheur des cadavres, leur rigidité aussi. La fille ne s'aperçoit de rien, elle continue de minauder, de parler, de hurler des choses à son oreille à cause de la musique trop forte et pour accentuer la proximité sans doute, il ne l'écoute plus mais elle n'en sait rien. Seul le camarade à côté paraît intrigué par le changement dans la disposition des traits, dans la position du corps. Mais il n'en déduit rien, a priori, puisqu'il ne regarde pas vers moi, il n'a pas compris que je suis responsable de la métamorphose.

Et moi, de quoi j'ai l'air ? hein ? Je ne dois pas être tellement plus brillant, pas tellement plus vaillant. Le malaise doit me défigurer, jeter un mélange de dépit et de tristesse dans l'expression de mon visage. Nadine qui revient auprès de moi avec des gobelets de punch à la main, elle voit tout, elle me connaît trop. Des années après, elle me confiera qu'elle a compris ce soir-là. À ma déconfiture. Compris l'amour pour le garçon aux yeux sombres. Compris mon amour général pour les garçons. Elle en a eu la révélation. Ou plutôt la confirmation. Comme si elle *savait* préalablement à cette minute mais que ce savoir n'était pas parvenu à sa conscience et y parvenait, là, dans la lumière tamisée d'une fête d'anniversaire, en une fulgurance. Sur le moment, elle ne dit rien. Elle me tend le gobelet en plastique. Je m'en saisis avec un temps de retard.

Je bois beaucoup, démesurément. J'enfile les punchs. Je vais me resservir régulièrement dans un grand saladier où baignent des morceaux de fruits sanguinolents.

Je discute avec des inconnus, leur posant des tas de questions, feignant de m'intéresser à eux, et peut-être que je m'intéresse réellement à eux, c'est une manière comme une autre de ne pas penser à T. Le lendemain, certains iront jusqu'à prétendre que je suis un type aimable, que je *vaux mieux que ma réputation*.

Je danse aussi. Pourtant, je ne sais pas danser. Honte de mon corps. De la débilité du corps. Mais quoi, on danse bien au-dessus des volcans. Et puis ce n'est pas le ridicule qui me tue alors.

Je sors dans le jardin, je foule le gazon, des types fument une cigarette dans un recoin, je leur demande de m'en donner une bouffée, ils rient de mon ivresse mais s'exécutent, je m'étouffe aussitôt. Pas doué, décidément.

Je demande qu'on m'indique les toilettes, je m'y précipite, je vomis, je reste longtemps la tête penchée sur le vomi. On cogne à la porte.

Je reviens sur la piste, je danse encore, j'oublie mon corps, j'oublie la honte.

T. et moi, on s'évite.

Je me dis : qu'est-ce qu'il y a de nouveau, au fond ? est-ce qu'on ne passe pas déjà le plus clair de notre temps à s'éviter ? à se manquer ? (et je souris du double sens de ce verbe – d'un sourire disgracieux, bien sûr ; et même tragique).

À une heure avancée de la nuit, je suis traversé par l'envie de l'embrasser, de fendre la foule et d'aller l'embrasser. L'excès d'alcool a levé toutes mes inhibitions.

Toutes, sauf celle-ci.

Même dans l'abandon, la dilution de soi, je lui demeure obéissant. Et je suis arrêté par l'étendue du risque que je courrais. Un risque mortel.

Je choisis de quitter la fête.

Je me souviens d'avoir marché longtemps, après, dans le froid, sur le bord de la route départementale, pour rentrer chez moi, d'avoir aperçu les lueurs blafardes de lampadaires signalant l'entrée de la ville, de m'être tordu le pied dans une crevasse sur le bitume abîmé, d'avoir entendu la plainte d'un chien, réveillé mes parents en gravissant l'escalier (la lumière s'est allumée dans leur chambre, ils ont dû regarder l'heure, ils ont échangé quelques mots en chuchotant), de m'être écroulé sur mon lit sans même me déshabiller, d'avoir eu le temps de penser tout au long du trajet que les histoires de cul sont préférables aux histoires d'amour mais que parfois on n'a pas le choix.

Quand je revois T., deux jours plus tard, je me suis promis de ne pas évoquer cette soirée, ce naufrage. Lui-même ne dit pas un mot sur le sujet. L'amour se fait. Il me semble même que s'y glisse un peu plus de tendresse que d'ordinaire. Cependant, quand les corps gisent l'un à côté de l'autre, les regards tournés vers le plafond, les mots sortent, ceux qui étaient supposés ne pas sortir. Ils provoquent notre première crise. Ma jalousie éclate. Mon enfance. L'explication est maladroite, orageuse. T. me laisse parler. À la fin, il dit :

c'est comme ça, il n'y a rien à discuter (je crois même qu'il dit : négocier). *Si tu préfères, on arrête.* Si tu ne supportes plus. Là, maintenant, tout de suite.

Je dis : non, on n'arrête pas.

La terreur de le perdre l'a emporté sur toute autre considération. La dépendance.

Les rendez-vous clandestins reprennent normalement. Les baisers sur le corps. L'amour dans la garçonnière. Cela, qui n'appartient qu'à nous. Cela, incommunicable.

Une fois, une seule fois, on affronte un impondérable. Ma mère rentre à la maison à l'improviste. Elle est souffrante, elle a demandé à quitter le bureau plus tôt, son patron a accepté, elle glisse sa clé dans la porte d'entrée, on ne peut pas l'entendre du deuxième étage, elle entre dans la maison, dépose ses affaires, son sac à main, elle pense être seule, son fils ou son mari ne sont pas supposés être présents, c'est elle qui va nous entendre, elle qui va surprendre les échos de notre conversation dans la chambre, elle appelle mon prénom un peu inquiète pour vérifier mais pas de réponse, nous sommes après l'étreinte, dans l'hébétude qui suit parfois l'étreinte, dans un babil sans fil conducteur, comme je ne réponds pas elle gravit les marches de l'escalier, son inquiétude a grandi, ça grince sous ses pas, le grincement lui on l'entend, la panique nous saisit, elle nous pétrifie aussi, quoi faire ? sauter du lit et provoquer un raffut, au risque d'accélérer les pas, de conforter la conviction d'une situation *anormale*, ou ne pas bouger et prendre celui d'être découverts ainsi, étendus nus ? elle répète le prénom, je comprends que c'est ma mère qui s'approche, qu'elle sera bientôt là, de l'autre côté de la porte, à un mètre de voir son monde s'écrouler, qu'elle va pousser la porte, que c'est inéluctable désormais (mais pourquoi elle n'a pas peur ? pourquoi elle ne file pas ?) je dis : oui je suis là je travaille, elle dit : mais tu n'es pas tout seul j'ai entendu parler, je dis : je suis avec un copain on a un cours qui a sauté on est venus ici pour préparer un exposé, elle dit : ah, je ne vous dérange pas alors, elle n'ose pas pousser la porte, elle n'ose pas, on est sauvés par ma faculté à inventer des mensonges plausibles finalement, elle dit : mais si vous voulez goûter je vous prépare quelque chose (elle prépare encore des « goûters » à son fils de dix-sept ans), je dis : non ça va aller tu es gentille, j'ajoute : ça va, toi ? pourquoi tu es rentrée si tôt (et Thomas me houspille dans un cri étouffé : mais pourquoi tu insistes ? elle était en train de repartir ! je dis : ça confirme que je n'ai rien à me reprocher, qu'il n'y a pas de « loup », je sais qu'il faut enrober les mensonges), elle explique les frissons, la migraine, toujours à travers la porte, elle dit : je dois couver quelque chose, et elle redescend l'escalier. Plus tard, quand nous apparaissons dans la cuisine, Thomas et moi, en lycéens bien peignés, lavés de nos péchés, insoupçonnables, elle nous regarde sans malice, dans l'ingénuité. Thomas se dirige vers elle pour lui serrer la main, respectueusement. Le soir elle dira : il est bien élevé, ton copain.

Et sinon, pendant cet hiver puis ce printemps-là ? Jean-Marie Le Pen fait pour la première fois « L'Heure de vérité ». Il pénètre dans le studio d'Antenne 2 aux côtés de François-Henri de Virieu sur la musique de « Live and Let Die » de Paul McCartney, avec l'air de celui qui a déjà gagné. Les jeux Olympiques ont lieu à Sarajevo, en Yougoslavie. Cela existe encore, la Yougoslavie. C'est six républiques, cinq nations, quatre langues, trois religions, deux alphabets et un seul parti, ainsi qu'aimait à le répéter Tito, lequel repose dans un mausolée de Belgrade, qu'on appelle « la Maison des fleurs ». Ce n'est pas encore un pays démembré mais c'est déjà le communisme agonisant. Perrine Pelen remporte deux médailles en ski. Je me souviens de sa bouille d'enfant, de ses cheveux courts. David, l'enfant-bulle, meurt à l'âge de douze ans. Il était né atteint d'un déficit immunitaire combiné sévère, condamné à succomber dans sa première année. Ses parents avaient choisi de l'enfermer dans une bulle stérile. Il deviendra une sorte de cobaye sous le regard des caméras. Une greffe ratée a raison de son existence tragique. Les mineurs débutent leur grève en Grande-Bretagne. On ne sait pas encore qu'elle va durer un an, faire plusieurs victimes, inspirer The Clash, que les grévistes retourneront au travail sans avoir rien décroché, que Margaret Thatcher va obtenir la peau du mouvement ouvrier. En France, des centaines de milliers de personnes défilent pour défendre l'école privée, qu'ils appellent l'école libre. La captation, l'usurpation de cet adjectif me rend fou. Ma conscience politique s'éveille. Indira Gandhi ordonne l'assaut du temple d'Or d'Amritsar, elle envoie des chars contre ce sanctuaire des sikhs, elle sera assassinée par un sikh quelques semaines plus tard. Et il y a le sida, bien sûr. Le sida qui nous volera notre insouciance.

J'ai écrit le mot : amour. J'ai bien envisagé d'en employer un autre.

Au moins parce que c'est une notion curieuse, l'amour ; difficile à définir, à cerner, à établir. Il en existe tant de degrés, tant de variations. J'aurais pu me contenter d'affirmer que j'étais attendri (et il est exact que T. savait à merveille me faire faiblir, fléchir), ou charmé (il s'y entendait comme personne pour attirer à lui, conquérir, flatter, et même ensorceler), ou troublé (il provoquait souvent un mélange de perplexité et d'émoi, renversait les situations), ou séduit (il m'attirait dans ses filets, me bluffait, me gagnait à ses causes), ou épris (j'étais bêtement enjoué, je pouvais m'enflammer pour un rien) ; ou même aveuglé (je mettais de côté ce qui m'embarrassait, je minimisais ses défauts, portais aux nues ses qualités), perturbé (je n'étais plus tout à fait moi-même), ce qui aurait un sens moins favorable. J'aurais pu expliquer qu'il ne s'agissait que d'affection, que je me contentais d'avoir le « béguin », une formulation suffisamment floue pour englober n'importe quoi. Mais ce serait me payer de mots. La vérité, la vérité toute nue, c'est que j'étais amoureux. Autant employer les mots précis.

Tout de même, je me suis demandé si cela pouvait être une invention. Vous savez maintenant que j'inventais tout le temps et j'y mettais tant de vraisemblance qu'on finissait par me croire (il m'arrivait moi-même de ne plus être capable de démêler le vrai du faux). Plus tard, j'en ai fait un métier, je suis devenu romancier. Cette histoire, est-ce que j'aurais pu la fabriquer de toutes pièces ? Est-ce que j'ai pu transformer une obsession érotique en passion ? Oui, c'est possible.

En juin, nous passons notre bac. En juillet, une liste placardée sur un tableau noir nous apprend que nous l'avons obtenu. Je suis joyeux, comme on l'est dans ces circonstances. T. joue les rabat-joie, il me lance : tu n'as jamais imaginé que tu ne l'aurais pas, quand même ? Tu n'as pas pu trembler en cherchant ton nom sur la liste ? Même la mention, tu étais certain de l'obtenir, pas vrai ? Je dis que ça n'empêche pas la gaieté, qu'on peut savourer le moment, et la douceur de l'été.

Je n'ai pas compris que le bac, c'est *la fin de l'histoire*.

Ou plutôt j'ai absolument refusé de l'envisager, je me suis installé dans le déni. J'ai occulté la phrase sublime et terrible, prononcée dès le premier jour : *parce que tu partiras et que nous resterons.*

(A posteriori, je suis abasourdi par mon attitude. Moi, si rationnel, si pragmatique, comment ai-je réussi à balayer l'évidence, la certitude de la fin ? Je présume que je ne voulais pas être débordé par le chagrin, en avance. Du reste, je ferai pareil avec les morts programmées, les échéances prévisibles, je me comporterai comme si la vie allait continuer, la veille de leur disparition je parlerai à mes amis en imaginant des lendemains, même quand ils seront émaciés, impotents, intubés sur des lits de douleur, et quand on m'annoncera leur décès, ce sera un ébahissement, une révélation.)

T., de son côté, n'a rien oublié, rien escamoté. C'est pour ça, son air renfrogné.

Je ne sais pas davantage ce qui se cache *concrètement* derrière cet air-là. Si je devais y réfléchir, je dirais : de la mélancolie, de la tristesse, peut-être, le commencement d'une nostalgie, qu'il saura rapidement corriger ; ou rien du tout puisqu'il s'est si bien employé à ne jamais s'engager. En tout cas, je ne dirais pas : du désespoir.

Pour moi, quand enfin je prendrai la mesure de la rupture, il s'agira d'un déchirement, d'une souffrance très pure. J'ai toujours pensé que c'était moi qui souffrirais le plus. J'ai même considéré que je serais le seul à souffrir.

Parfois, on manque de discernement.

Juste après les résultats du bac, je lui dis : viens, il faut que je te montre l'appareil photo que mes parents m'ont offert. Il plaisante : au moins, ils n'étaient pas très inquiets s'ils t'ont fait un cadeau avant de savoir... Je hausse les épaules. Il ajoute : c'est le seul prétexte que tu as dégoté pour qu'on aille chez toi, pour qu'on baise, pour fêter ça, quoi... ? J'éclate de rire, j'ignore que c'est mon dernier rire avec lui. La maison est vide, la chambre accueille notre étreinte. Et puis, sans réfléchir, sans beaucoup d'espoir non plus, je lance une suggestion : on pourrait aller faire un tour avec ta moto, dans la campagne, j'en profiterais pour étrenner mon Canon. À ma grande surprise, il accepte, sans rechigner. On part aussitôt. L'air est chaud, la lumière presque aveuglante. On finit par s'arrêter dans un coin que j'aime bien, à l'écart de tout. Et je me lance dans mes premières photos. Thomas se tient un peu en arrière, je devine qu'il s'amuse de mon excitation enfantine, il va s'asseoir sur un petit muret de pierres blondes, arrache un brin d'herbe pour occuper ses doigts, je me retourne et je le découvre dans cette position, je le trouve plus beau que jamais. Derrière lui, un ciel jaune, un chêne. Je voudrais immortaliser cet instant, l'instant de sa beauté dans juillet qui commence, mais je pressens qu'il me dira non si je lui en fais la demande. Et je me refuse à le photographier à son insu. Je m'approche lentement, déjà résigné. Pourtant, presque malgré moi, sans doute parce que l'envie est trop forte, je formule ma requête. Il hésite, je distingue l'hésitation dans son regard, et finalement accepte. J'en suis éberlué mais n'en montre rien et je m'empresse de régler mon objectif avant qu'il ne revienne sur son consentement. Je prends la photo. Sur cette photo, il porte un jean, une chemise à carreaux dont il a retroussé les manches, il a conservé le brin d'herbe entre les doigts. Et il sourit. D'un sourire léger, complice ; tendre, je crois. Qui m'a bouleversé longtemps après, quand il m'est arrivé de regarder ce cliché. Qui me bouleverse encore tandis que j'écris ces lignes et que je le contemple, posé sur le bureau, là, juste à côté du clavier de mon ordinateur. Maintenant, je sais. Je sais que Thomas n'a consenti à cette unique photo que parce qu'il avait compris (décidé) que c'était notre dernier moment ensemble. Il sourit pour que j'emporte son sourire avec moi.

Et puis, c'est le départ pour l'île de Ré (le mien). Comme chaque été depuis l'enfance. Car c'est arrivé tout de suite, l'île, dans ma vie. La raison ? Mon père y avait son meilleur ami, rencontré à vingt ans, au cours de son service militaire ; on disait : « au régiment ». Quand je cherche dans ma mémoire, le souvenir le plus ancien que je débusque, à chaque tentative, c'est l'île : j'ai trois ans, je porte des culottes courtes, une marinière, une casquette de cycliste miniature et je me tiens à l'avant d'un bateau, assis sur les genoux de ma mère. Le soleil me fait plisser les yeux. Le bateau, c'est le bac qui fait la liaison entre le continent et l'île, entre La Pallice et Sablanceaux. La traversée dure vingt minutes. L'éblouissement que j'éprouve à cet instant ne m'a jamais quitté, il m'anime encore tandis que j'en consigne le souvenir. Il explique l'obsession de la mer dont témoigne l'ensemble de mes romans.

Tous les étés, après, donc, je les passe dans l'île. On fait la queue pendant des heures à l'embarcadère, on patiente dans une chaleur insoutenable, le skaï du siège de voiture colle aux cuisses nues. Une fois à bord du bac, toutefois, tout est oublié, l'attente, la moiteur, on descend de la voiture et le ravissement opère, on hume l'air où se mélangent des effluves de carburant et de sel marin, on contemple le scintillement à la surface des eaux. Parvenus de l'autre côté, on file vers Sainte-Marie.

C'est populaire, l'île, en ce temps-là : il y a des campings, des congés payés, des tables pliantes sur le bord des routes, des bobs Paul Ricard. Ce n'est pas l'annexe de Saint-Germain-des-Prés que c'est devenu. La pierre des murets est sombre, les volets vert bouteille.

L'après-midi, on va se baigner du côté de Saint-Sauveur, on s'y rend à pied, la route est ponctuée de pins parasols. Je raffole de cette plage qui sent le varech, de cette eau de mer tiède et trouble. J'ai d'ailleurs failli m'y noyer une fois (de là vient peut-être, qui sait, ma manie de faire se noyer beaucoup de personnages de mes romans – pourtant, l'expérience ne m'a laissé aucune séquelle).

Aujourd'hui, quand je croise des enfants sur cette plage, quand je les vois courir dans les dunes, ou s'allonger sur la pierre chaude du muret qui fait office de digue, je les contemple en souriant. Je me souviens que j'ai été comme eux, dans l'insouciance, la légèreté, le soleil. On ne se défait jamais de son enfance. Surtout quand elle a été heureuse.

(Je regretterai parfois que mon enfance, mon adolescence aient été si indolentes, si protégées, si quelconques, car on est si souvent sommé de devoir faire valoir un traumatisme remontant au plus jeune âge – comme on montre ses papiers à la police – pour justifier qu'on écrit. Mais pas de viol, pas d'inceste, pas de famille tarée, pas de père inconnu, pas de père connu, pas de fugue, pas de dérive, pas de maladie grave, pas de pauvreté, pas de grande bourgeoisie, rien pour fabriquer un livre qui retienne l'attention, rien qui *fasse vendre*.)

Bref. Cet été 1984 ne devrait pas déroger à la règle. Il y a toujours la grande baie de Rivedoux, les petites falaises de La Flotte, les banches du Bois-Plage, les marais d'Ars, la pointe rocheuse de Saint-Clément. Toujours les roses trémières dans les venelles, les aiguilles de pin qui craquent sous les pieds dans la forêt de Trousse-Chemise, les chênes verts où s'abriter. Toujours les fortifications de Vauban pour me protéger d'invasions imaginaires, l'abbaye à ciel ouvert qui me faisait si peur la nuit et le phare des Baleines qui me donne le vertige. Toujours les garçons de mon âge que je retrouve chaque année, avant nous allions au manège, maintenant nous allons au bar. Tout est à sa place, tout me rassure.

Sauf que T. me manque. Il me manque abominablement. Et ça change tout. Avez-vous remarqué comme les paysages les plus beaux perdent leur éclat dès que nos pensées nous empêchent de les regarder comme il faudrait ?

Je n'écris pas de lettre, encore moins de carte postale, il me l'a interdit. Je téléphone très peu, il me l'a fermement conseillé. De toute façon, la journée il travaille aux champs, il n'est pas joignable. Le soir, je ne sais pas ce qu'il fait, je ne veux pas le savoir. Puis il part en Espagne, sa tradition à lui. Devient pour de bon l'inaccessible.

Au début du mois d'août, je couche avec un garçon, qui a installé sa tente au camping des Grenettes. L'amour se fait là, sous la toile, dans la promiscuité, sur un duvet qui pue la transpiration.

Je suis allé vers lui à cause de ses cheveux blonds, décolorés par le sel, le soleil, de sa peau dorée, de ses yeux verts, et parce que c'était facile. Je ne cherche pas une diversion, ni une façon de calmer ma douleur, je ne cherche pas davantage une alternative, non, vraiment, je cède à la facilité, c'est tout.

Je suis décontenancé par cet autre corps, si différent de celui de T. Je n'ai pas mes repères, c'est désagréable. C'est agréable, aussi.

Quand je rentre à Barbezieux autour du 15 août, j'appelle T. Je tombe sur sa sœur, Nathalie, celle qui apprend le secrétariat. C'est elle qui me dit d'une voix monocorde : il est resté en Espagne, on a de la famille là-bas, je ne sais pas si vous savez (elle me vouvoie, elle ignore qui je suis, elle parle dans la désinvolture, je l'imagine occupée à autre chose : se mettre du vernis à ongles, se recoiffer), ils lui ont proposé un travail, il a dit oui, il ne voulait pas continuer ses études, alors ici ou là-bas.

Ça fait un bruit dans ma tête quand elle achève de prononcer ces mots. Le bruit, c'est la sirène du bateau qui largue les amarres, qui s'éloigne de la terre ferme. Oui, ce bruit-là, je le jure. Une clameur déchirante. Je ne sais pas pourquoi.

Un jour, j'écrirai sur les bateaux qui s'en vont, et sur les adieux qu'ils lancent quand ils prennent le large, j'écrirai l'histoire d'une femme sur le quai du port de Livourne qui regarde les bateaux partir. Je me remémorerai précisément le bruit mat de la sirène, dans mon oreille, quand finit l'été 1984. Un vrombissement qui meurt peu à peu.

Après, c'est autre chose. Ce n'est plus un bruit, c'est une sensation physique, un choc, comme une collision. Je suis l'accident que des brancardiers extraient d'un amas de tôle, emmènent sur une civière à la hâte, ballottent dans une ambulance, déposent aux urgences d'un hôpital, confient aux bons soins d'un médecin de service, le grand blessé qu'on opère en urgence, parce qu'il perd beaucoup de sang, parce qu'il a des membres brisés, des lésions, puis le rescapé réparé, couturé, plâtré, qui se réveille lentement de l'anesthésie, encore sous l'effet d'un chloroforme, mais déjà rattrapé par les douleurs qui se réveillent, le souvenir du traumatisme, enfin le convalescent désorienté, sans repères, sans énergie, sans volonté, qui se demande parfois s'il n'aurait pas mieux valu laisser sa peau dans le fracas mais qui guérit, puisqu'il arrive souvent qu'on guérisse.

Oui, c'est cette analogie éculée qui convient le mieux.

À la rentrée de septembre, je quitte Barbezieux. Je deviens pensionnaire au lycée Michel-de-Montaigne à Bordeaux. J'intègre une prépa HEC. Je débute une nouvelle vie. Celle qu'on a choisie pour moi. Je comble les espérances qu'on a placées en moi, je me plie à l'ambition qu'on nourrit pour moi, j'emprunte la voie qu'on m'a tracée. Je rentre dans le rang. J'efface Thomas Andrieu.

Chapitre deux
2007

C'est Bordeaux encore. Plus de vingt années se sont écoulées. La ville s'est métamorphosée. Elle était sombre, quand j'avais dix-huit ans, les murs semblaient recouverts de suie. Elle est claire désormais, les façades ont été ravalées, l'ocre domine. Elle était fermée, décadente. Voilà qu'elle s'est ouverte, la jeunesse y a pris ses quartiers, le soir venu elle a même quelque chose d'espagnol, ça tient aux gens sur les places ou à la terrasse des cafés, aux verres qui tintent, aux conversations portées par le vent léger, à la bonne humeur. La bourgeoisie y était vieillissante, elle est bohème maintenant. Mais, surtout, la ville a redécouvert son fleuve depuis qu'on a réhabilité, aménagé ses quais. Avant, il y avait des abattoirs à l'abandon, des herbes hautes, des barbelés, de la boue, vous n'imaginez même pas. Maintenant, voyez comme c'est élégant, ces berges, les pelouses, les platanes, le miroir d'eau et le tramway juste devant.

Je suis devenu écrivain. Je suis là pour un débat et une signature dans une librairie. On évoque mon dernier roman. C'est devenu ma vie, les livres. Le soir, il est trop tard pour regagner Paris, plus de train, on m'a réservé une chambre d'hôtel, non loin des allées de Tourny. Le lendemain matin, je dois encore rencontrer une journaliste et je pourrai profiter un peu des lieux, peut-être justement aller marcher sur les bords de la Garonne, avant de repartir pour de bon, de rentrer chez moi.

C'est ce matin-là, précisément. L'entretien est en train de s'achever lorsque j'aperçois la silhouette, le jeune homme de dos, avec sa valise, qui quitte l'hôtel. Lorsque je vois *l'image qui ne peut pas exister* et que je crie le prénom. Je me lève précipitamment pour rattraper le garçon sur le trottoir, je pose ma main sur son épaule, il se retourne.

Et c'est *presque* lui.

Disons que la ressemblance est saisissante, et même plus que ça. Elle l'est tellement qu'elle diffuse un tremblement le long de mon échine, me fait vaciller, provoque un léger déséquilibre, l'espace de quelques instants, elle fait le souffle plus court aussi (cette situation a des répercussions physiques, des conséquences sur la carcasse, comme les situations de danger imminent générant une peur panique entraînent une désarticulation, une contraction).
Les traits sont identiques, le regard est le même, c'est affolant. Affolant.
Mais il se niche une infime différence, qui tient probablement à la disposition générale, ou au sourire.
Et cette infime différence parvient à me ramener à la raison, à l'acceptable.

Au jeune homme, après avoir recouvré mes esprits, je ne dis pas : pardon, je me suis trompé, je croyais avoir reconnu quelqu'un. Je ne dis pas non plus : si vous saviez à quel point vous ressemblez à une personne que j'ai côtoyée il y a longtemps. Je dis : tu es le *portrait craché de ton père*. Il répond du tac au tac : on me le dit tout le temps.

Et puis on reste sans plus rien se dire. Je continue de le contempler, comme je le ferais d'un tableau. C'est-à-dire que je scrute les détails, je m'attarde, me comportant comme s'il n'était pas vivant, comme si, en retour, il ne me regardait pas. Un tableau, vraiment.
Mon corps se calme.
Le jeune homme devrait être embarrassé par cette scrutation. Chercher à s'en libérer. Ou même la trouver déplacée, grossière. Mais non, il choisit de s'en amuser, il sourit. J'avais raison : le sourire n'est pas exactement pareil.

Je demande s'il est pressé, ou si, au contraire, il a du temps pour un café. Ou plutôt je m'entends formuler cette requête, qui m'échappe, qui surgit sans réflexion préalable, sans le filtre de l'intelligence, qui témoigne du besoin impérieux de garder l'enfant miraculeux, de ne surtout pas le laisser partir, pour mieux l'interroger, à l'évidence, pour remplir les vides, combler une béance de vingt-trois années. Je n'ai pas le loisir de contrer ce besoin biscornu, encore moins de le déchiffrer ou d'en être effrayé. Il s'est exprimé, malgré moi, il faut bien faire avec désormais.
Il dit que son train est dans une heure, qu'il peut rester *un peu*. Aussitôt, paradoxalement, je m'étonne

qu'il accède aussi facilement à la sollicitation d'un étranger : moi je ne l'aurais pas fait, je me serais soustrait à l'inquisition, j'aurais poursuivi mon chemin, reconquis ma solitude.

Il a compris, bien sûr. Il sait à quoi il doit mon intérêt pour lui. Mais pourquoi cela suffit-il à le faire rester ? D'autant qu'il l'a dit lui-même : on le renvoie fréquemment à cette parenté, il pourrait en être lassé. Il n'exprime pas de lassitude. Persiste dans le sourire. Et fournit lui-même l'explication à son acceptation de mon invitation. Il dit : *vous avez dû l'aimer beaucoup, pour me regarder comme ça.*

On va s'asseoir là où je m'étais installé avec la journaliste. Je prends congé d'elle, abruptement. Je reste seul avec le jeune homme. Je dis : je ne connais même pas ton prénom. Il dit : Lucas (et je suis troublé par ce prénom, si souvent employé dans mes livres, comme si décidément le hasard n'avait pas sa place). En retour, je décline mon identité. Il enchaîne : vous êtes un ami de jeunesse de mon père, c'est ça ? J'entends l'expression, je la trouve belle, elle est fausse mais belle. Je dis : oui, c'est ça… un ami de jeunesse…

La phrase demeure en suspens. C'est que l'émoi est revenu, à cause de la voix qui m'en rappelle une autre, à cause de la gestuelle aussi, qui présente de fascinantes similitudes. J'ignore quelle est la part de la génétique, celle de l'imitation.

Je demande si Thomas va bien. Je ne dis pas Thomas, bien sûr. Je dis : ton père. La question a l'apparence d'une interrogation de circonstance, de politesse, d'un passage obligé, d'un commencement naturel. Elle est bien autre chose cependant : existentielle, peut-être. Mon interlocuteur heureusement ne peut rien en savoir, il n'entend que la politesse. Le sourire revient sur son visage, où se mélangent de la malice et de la perplexité. Il dit : c'est difficile avec lui de savoir s'il va bien, il est toujours si renfermé… Il était déjà comme ça, à votre époque ? J'entends le « à votre époque », énoncé sans malignité mais qui expédie ma jeunesse dans des temps reculés, la fait ressembler à une curiosité, un objet d'étude, une bizarrerie. Je réponds qu'il n'a jamais été expansif, en effet, que sa nature le portait plutôt au mutisme, au moins au retrait. Lucas a l'air bien différent : il semble enjoué, tourné vers autrui, pas sauvage. Il n'a pas hérité de la sauvagerie.

Je demande s'il habite toujours au même endroit, surpris par ma propre indiscrétion. Le fils confirme : évidemment ! Vous le voyez vivre ailleurs ? Mon père est de ces types qui ne partent jamais. Qui meurent où ils sont nés. En un réflexe de défense, je dis : et toi, non ? Il confirme : moi, j'ai envie d'aller voir ailleurs. C'est normal, à mon âge, non ? J'acquiesce, sans insister. Et je lui fais aussitôt observer que son père s'est éloigné, lui aussi, un jour, puisqu'il a trouvé un travail en Espagne, jadis. J'ajoute : c'est à ce moment-là qu'on s'est perdus de vue, lui et moi. J'articule ces derniers mots sans y mettre le moindre affect, comme si la vie, c'était ça, simplement ça, se fréquenter et se perdre de vue et continuer à vivre, comme s'il n'y avait pas des déchirements, des séparations qui laissent exsangues, des ruptures dont on peine à se remettre, des regrets qui vous poursuivent longtemps après.

Le fils corrige : la Galice, c'est pas le Pérou non plus ! C'est juste la porte à côté. Et puis, c'est la famille pour nous. Franchement, il y a des exils plus impressionnants.
Je perçois l'appétit et la désinvolture de ceux qui ont grandi sur une planète rétrécie, pour qui le voyage n'est pas une expédition mais une aventure ordinaire, pour qui la sédentarité est une mort déguisée. Je vois l'enfant mondial. Je songe que le destin aurait probablement été différent si son père avait été animé du même penchant. S'il n'avait pas vécu à *une autre époque*. Et s'il avait su se libérer de ses entraves.

L'enfant ajoute : bon, ceci dit, sans sa parenthèse espagnole (parenthèse : peut-on employer terme plus juste ?), je ne serais jamais venu au monde. Mon visage exprime l'incompréhension. Il la dissipe aussitôt : c'est là-bas qu'il a rencontré ma mère.
Après, il déroule l'histoire.
Thomas est employé dans une grande propriété en Galice avec des oncles, des cousins. On prétend qu'il travaille dur, qu'il y met tout son courage, qu'il ne rechigne pas à la tâche, même sous des soleils épouvantables, même sous des pluies diluviennes, il commence tôt le matin, il est l'un des derniers à finir, il fait la fierté des autres hommes. Sa tante, elle, dit qu'il s'abrutit à la besogne. A-t-elle deviné que ce n'est pas tout à fait normal chez un jeune homme de dix-huit ans, qui aurait pu *continuer les écoles*, de s'investir à ce point dans des corvées ne sollicitant que ses bras,

sa force ? A-t-elle perçu que cette abnégation est probablement une façon de s'oublier, de se diluer, une façon aussi de se mettre à l'épreuve, de se faire du mal ? C'est moi qui énonce cela, Lucas lui se contente d'évoquer un garçon labourant la terre dans des conditions inhumaines. L'image héroïque s'impose devant mes yeux.

Un soir, Thomas, dans une fête de village, au beau milieu des oriflammes, au son d'un accordéon saoul, aperçoit une jeune fille. Elle a dix-sept ans, elle s'appelle Luisa, sa peau est brune, il se dirige vers elle. Là, je pense que l'histoire a été réécrite, la scène ne peut pas être à ce point cinématographique, les années passées à la raconter encore et encore ont sans doute façonné une sorte de légende familiale des origines. Je présume qu'il n'y a pas de coup de foudre, mais simplement du vin, une nuit chaude, des papillons qui volettent, l'idée que rien n'est vraiment important et que tout est possible, ce qui d'ailleurs vaut largement le foudroiement amoureux. Et puis je sais surtout que Thomas ne peut pas aller naturellement vers la jeune fille, qu'il en est nécessairement retenu par sa pudeur, et par *ce qu'il est* ; c'est elle qui a dû vaincre ses inhibitions, et su se débrouiller de sa honte, de sa frayeur. Je sais aussi tout ce qu'on doit quitter de soi pour ressembler à tout le monde. C'est cela qui se joue dans la nuit galicienne, la nuit des oriflammes.

Ça pourrait être sans lendemain. Ça devrait l'être.
Je songe à tous ces garçons dont j'ai croisé la route, pour quelques heures, dans l'alcool, dans la drogue, et que je n'ai jamais revus, ces corps enlacés au fil de

nuits fauves et perdus au petit matin, ces regards qui ont accroché le mien et que j'ai oubliés sitôt que le plaisir est advenu. Je n'ai moi-même été pour ces garçons qu'un type de passage, un amant fugace, un prénom incertain ; combien se souviennent réellement de moi ?

Je songe que la jeunesse est normalement sans attaches, sans devoirs.

Pourtant, ces jeunes gens là se revoient. Se rapprochent.

Je suis persuadé que Thomas s'y astreint. On m'objectera que je me refuse à le voir changer de trajectoire, d'orientation, ou simplement succomber à un sentiment jusque-là inconnu, parce que je serais obtus ou jaloux ou dépité, et cependant je persiste, et il ne s'agit pas de dépit, oui je suis certain qu'il y met la même application têtue que dans son labeur. Le même souci de s'oublier, et de revenir dans le droit chemin, celui recommandé par sa mère, le seul possible. Finit-il par y croire lui-même ? C'est toute la question. Une question fondamentale. Si la réponse est oui, alors on peut probablement avancer dans les années. Si la réponse est non, on est condamné au malheur interminable.

Et puis, le hasard, allez appelons-le comme ça, décide pour eux, pour lui. Luisa tombe enceinte. Maladresse, malchance, imprudence, qu'importe, un enfant s'annonce. Un enfant qu'on ne fera pas passer, qui devra grandir dans le ventre de sa mère. C'est l'Espagne catholique, on ne plaisante pas avec ces choses.

C'est l'enfant de l'accident lui-même qui raconte de cette manière. Il sait qu'il n'a pas été désiré, qu'il a été conçu alors que ses parents se connaissaient à peine, alors qu'ils se trouvaient dans le plus jeune âge, alors que leurs routes auraient vraisemblablement fini par se disjoindre s'il n'y avait pas eu l'accident. Il sait que, dans un autre pays, dans une autre culture, dans une autre époque, il ne serait jamais venu au monde. Il dit : mais bon, moi je n'y peux rien, c'est comme ça. Il ajoute : et puis je crois que les enfants qu'on n'a pas voulus ne grandissent pas forcément plus mal que les autres. Il n'a pas tort.

Moi aussi je suis un enfant non désiré, un aléa, une inadvertance. Ma mère avait vingt ans quand elle a accouché de moi. Et je n'ai manqué d'aucun amour.

Quand elle apprend l'existence de l'enfant à naître, la mère de Thomas – habituellement douce et réservée – ordonne un mariage. Il a lieu deux mois plus tard, dans l'église de Vilalba. On ne va pas contre les oukases d'une femme qui en aura formulé si peu au long de son existence, contre les volontés d'une femme qui n'en aura manifesté presque aucune.

Et Thomas dans cette histoire ? Il ne se rebelle pas, j'en suis convaincu. Pas moyen (ils sont si puissants ceux qui lui indiquent ce qu'il *doit* faire, ils le surplombent tellement). Mais vraisemblablement pas envie non plus (ils sont si heureux ; son père qui se dit : mon fils ne quittera pas la terre, sa mère qui se réjouit que son fils reproduise l'histoire à vingt ans d'écart : épouser la jeune Espagnole). Au fond, le sort vient de choisir à sa place, il se laisse faire, se résigne. Il se dit peut-être aussi : c'est un signe du destin, il fallait cet enchaînement de circonstances pour échapper à la déviance, pour que tout rentre dans l'ordre. Les noces sont célébrées au printemps.

Lucas dit : j'ai vu les photos du mariage, ma mère les a rangées dans un album, elle les regarde régulièrement, elle doit aimer se souvenir de sa jeunesse.

(Ou bien elle confond la jeunesse et le bonheur ; c'est une confusion fréquente.)

Sur ces clichés vieux de plus de vingt ans : les mariés adolescents aux marches de l'église, endimanchés, empruntés, les grains de riz, la famille autour. Les mariés dans un jardin, sous une arcade où dégringole de la glycine, elle serre un bouquet entre ses mains, il se tient la nuque bien droite. Le vin d'honneur, et en arrière-plan les murs de pierre de la ferme, les paysages étrangement celtiques qui offrent l'image trompeuse d'un départ possible. Le dîner du soir, les grandes tablées, ce goût d'être ensemble. Les pas de danse sous les guirlandes, les ampoules de toutes les couleurs, la promesse de lendemains qui chantent.

Lucas ajoute : quand même, il y a une chose qui m'a frappé dans les photos, à force de les avoir sous le nez – mon père a souvent l'air triste. Je suppose qu'il n'était déjà pas du genre à sourire sur commande.

Je songe que la tristesse ne provenait certainement pas d'une désobéissance à un photographe zélé mais je m'interdis de l'affirmer, bien entendu.

Et je me dis : si elle était déjà là, cette tristesse, dès les premières heures du mariage, si elle était massive au point de ne pouvoir être dissimulée, même dans les instants de la plus grande communion, de la plus joyeuse des fêtes, alors elle a dû le lester, toutes les années qui ont suivi, peser lourd, tellement lourd.

Le jeune homme poursuit : je comprends pourquoi on prétend que je lui ressemble. Sur les photos, j'ai l'impression de me voir. Sauf que moi, je souris.

Je me rappelle être tombé un jour sur un Photomaton oublié sur une étagère de la bibliothèque, dans la maison de Barbezieux. Et avoir pensé : à quel moment cette photo a-t-elle été prise ? Avoir cherché une date, une conjoncture, l'âge que je pouvais bien avoir. En avoir déduit que j'avais dû commander cette photo pour ma carte d'identité, quelques années plus tôt ; on n'utilise jamais tous les clichés de ces séries de quatre, il en reste toujours un ou deux qui traînent, qu'on ressort d'un tiroir ou d'un portefeuille longtemps après, le plus souvent sans faire exprès. Avant que ma mère à qui je la montrais ne laisse tomber, l'air de rien : ce n'est pas toi, c'est ton frère, tu ne reconnais pas son pull ? Il m'avait fallu quelques minutes pour me remettre d'avoir à accepter que je portais le visage d'un autre. Que je n'étais qu'une copie. Un décalque.

Il dit qu'il ne savait pas qu'on pouvait tout prendre de l'un de ses parents et rien de l'autre. Je suggère que ses frères et sœurs, s'il en a, tiennent peut-être, eux, de sa mère, que la distribution s'est peut-être effectuée de cette manière. Il précise alors qu'il est fils unique, qu'il n'y a pas eu d'enfant après lui, que ça a été fini, sa mère en voulait mais son père non, il a tenu bon, n'a jamais cédé, ça n'empêchait pas sa mère de se plaindre, devant des gens quelquefois, et alors il y avait de la dureté dans les yeux du père, comme une colère froide.

Il murmure (oui vraiment il parle un ou deux tons plus bas, sa voix s'est étouffée, comme s'il confessait un secret, ou comme si les mots avaient du mal à sortir), il murmure qu'il aurait aimé avoir une petite sœur, que l'enfance aurait été moins seule. Il parle des années de la solitude, à la ferme. Autour de lui, seulement des adultes. Et des champs à perte de vue.

Il corrige dans la foulée. La sœur de son père a été parfois comme une petite sœur pour lui, parce qu'il fallait s'occuper d'elle tout le temps, parce qu'elle n'était pas autonome, parce que s'occuper d'elle c'était se sentir utile, parce que vivre à ses côtés c'était comme vivre dans un conte tant elle avait des moments de poésie pure, des fulgurances sublimes, tant elle inventait des mondes. Il m'apprend qu'elle a été placée dans une institution spécialisée, que son père a dû s'y résoudre, la mort dans l'âme. Elle y est encore.

J'en conclus que Thomas est revenu en France pour travailler avec son père. Lucas dit que oui, c'est ça qui s'est passé. Il n'y a plus eu d'Espagne, plus de jeunesse. Il y a eu la Charente, l'épouse, le fils à élever, la sœur attardée, la vigne, les bêtes.

Je lui demande s'il ressemble encore à son père aujourd'hui. Il dit : oh oui ! Il n'a pas changé, vous savez. C'est même bizarre de changer aussi peu, de vieillir aussi lentement. Si vous le voyiez, vous le reconnaîtriez tout de suite.

Je suis rassuré par la représentation d'un Thomas inentamé, que les années n'ont pas alourdi, abîmé. Je sais tant d'hommes qui basculent, souvent autour de la trentaine, dont les traits s'épaississent, dont le corps s'empâte, dont les cheveux se clairsèment. Rares sont ceux qui échappent à la calamité. Moi-même je suis de ceux que le temps a attaqués, je ne suis plus du tout l'adolescent de la cour du lycée un matin d'hiver, la maigreur a disparu, le visage s'est modifié, les cheveux sont coupés court, l'apparence générale s'est embourgeoisée, seule la myopie est restée, les lunettes qui remplacent le regard.

Je suis perturbé aussi par la perspective, pourtant dessinée sans intention par le fils, sans projet d'exécution, mais énoncée malgré tout, celle de *revoir* son père. Jamais envisagé une telle éventualité. Très vite, à dix-huit ans, quand j'apprends qu'il s'installe en Espagne, quand, de mon côté, j'entame une nouvelle existence qui me conduira de Bordeaux à Paris, en passant par la Normandie, j'admets que ce que nous avons vécu appartient irrémédiablement au passé. J'ai cette certitude de l'irrévocable.

Son « si vous le voyiez » ne peut donc pas être conçu. Il est de l'ordre de l'inintelligible.

(Je corrige. Car je viens de mentir. De vous mentir. Évidemment, cela a exigé du temps, beaucoup de temps même, avant que je me résolve aux adieux, avant que j'admette que tout était perdu. Longtemps, j'ai continué à espérer un signe. J'ai misé sur les regrets, les remords. J'ai envisagé de provoquer une nouvelle rencontre. J'ai commencé des lettres, que je n'ai pas envoyées. Et puis le désir ne s'éteint pas comme une allumette sur laquelle on souffle, il se consume. Ce qui est exact, c'est que j'ai fini par renoncer. La possibilité de retrouvailles a disparu.)

Lucas consulte sa montre et j'aperçois que c'est celle que portait Thomas, la Casio à écran numérique. Il remarque ma surprise, sans pouvoir la relier à la situation, son père nu contre moi dans un lit, à un quart de siècle de distance. Il prétend que c'est *vintage*, que ces vieilleries reviennent à la mode, secoue son poignet, plutôt fier de lui. Il dit : il faudrait que j'y aille maintenant, sinon je vais rater mon train.

Mais je ne veux pas perdre l'enfant accidentel, moi, pas déjà, pas comme ça. Dans la précipitation, je lui propose de l'accompagner à la gare. Je dis : on prend un taxi, on y sera vite, et ce sera plus pratique pour toi. Il accepte l'invitation, sans hésiter.

(Dans mon affolement, entre-t-il une part de désir ? Et serait-ce si inconvenant ? Puisque Thomas m'est redonné quasiment à l'identique, serait-il si surprenant que mon désir se réarme quasiment à l'identique ?)

On marche jusqu'au Grand Théâtre, on trouve facilement un taxi, on descend la rue Esprit-des-lois pour rejoindre les Quinconces puis les quais, on passe devant le palais de la Bourse, l'ocre de la façade est très jaune, le soleil du matin se reflète dans les hautes fenêtres, on dirait des signaux aveuglants, on longe la Garonne et je ne peux m'empêcher de penser (faut-il que je sois tordu) à tous les jeunes gens qu'on y a retrouvés noyés, sans explication, des garçons disparus retrouvés des semaines plus tard, dont on n'a jamais su s'ils avaient sauté d'un pont, glissé malencontreusement du quai, si on les avait précipités dans les eaux noueuses, j'essaierai d'écrire un livre un jour sur les disparitions inexpliquées, sur les mystères de ces décès, on passe aux abords du quartier Saint-Michel que j'ai beaucoup fréquenté lorsque j'étais élève au lycée Montaigne, les souvenirs remontent, ceux de retours titubants au petit matin, j'aurais pu être un de ces garçons qui se noient, on effectue quelques crochets dans des rues plus sombres, qui n'ont pas été rattrapées par la modernité, pour récupérer le cours de la Marne et rejoindre enfin la gare Saint-Jean. Le parvis ne ressemble plus en rien à celui que j'ai connu. Il était sale, venteux, interlope, aujourd'hui un tramway rutilant glisse en silence sur une esplanade.

Pendant le trajet, je dis : je ne t'ai même pas demandé ce que tu fais ici, à Bordeaux. Il explique qu'il n'est que de passage, venu passer un entretien en vue d'effectuer un stage dans un château du Médoc. Comme l'entretien ne pouvait avoir lieu que tard hier, il a dû rester pour la nuit, il repart à Nantes désormais, où il suit des études. Je dis : tu veux travailler dans le vin ? Il s'esclaffe. Il dit que non, ce qu'il veut, c'est travailler dans l'export.

On entre dans la gare, dans le brouhaha de la gare, je reconnais les murs de marbre rose et marron, les escaliers qui montent depuis la salle des pas perdus.

Je songe que j'aurais peut-être dû lui dire au revoir dans le taxi. J'ai été surpris de son insistance à ce que je l'accompagne sur le quai, je lui ai cependant cédé aisément. Je demande si le train qu'il attend est toujours un Corail. Il dit que oui. Ce train, je l'empruntais le vendredi soir lorsque je rentrais de Bordeaux pour le week-end. Je me souviens des portes coulissantes et des accordéons entre les wagons (on ne disait pas les rames), du vacarme que ça produisait quand on passait d'un wagon à l'autre, de l'odeur puissante des toilettes, un mélange d'urine et de désinfectant en gros, des couloirs étroits le long de box fermés où on pouvait asseoir huit personnes, des gens qui fumaient, des militaires qui quittaient leur garnison pour une permission de deux jours, de leurs uniformes, de leurs paquetages vert olive, de leur virilité décomplexée. Je me souviens combien le trajet me semblait long, il ne l'était pas, mais on s'arrêtait à toutes les gares, ça paraissait interminable, je lisais des livres pour tromper mon ennui, j'ai lu Duras, j'ai lu Guibert dans les trains Corail, au milieu des jeunes militaires. Je descendais à Jonzac, la gare la plus proche de Barbezieux (il n'y a pas de gare à Barbezieux, ils ont expliqué jadis qu'ils n'en voulaient pas), ma mère m'attendait dans la voiture, sur le parking. Elle ne savait pas pour Guibert, pour les jeunes militaires. Ou plutôt elle feignait de ne pas savoir et nous n'en parlions pas.

Je songe que Lucas s'arrêtera à Jonzac tout à l'heure. Mais aussi à Châtelaillon-Plage, cette station balnéaire surannée où je possède une maison, une villa de bord de mer achetée sur un coup de tête et qui deviendra un jour « la maison atlantique ». La géographie a toujours été pour moi la plus inspirante des matières littéraires.

Il ne peut pas avoir suivi le cheminement de ma pensée. Et, cependant, il me lance : au fait, vous ne m'avez pas dit si vous travailliez sur un nouveau livre en ce moment...
Je le dévisage, interloqué. Dans le décor de marbre rose et marron, dans le désordre des allées et venues, je regarde l'enfant comme s'il se révélait à moi, comme si tout ce que je croyais savoir de lui était erroné, je le découvre dépourvu de naïveté, de l'innocence qui lui allait si bien.
L'image est celle de deux hommes figés au milieu d'une foule en mouvement.
Je dis : tu sais que j'écris ?
Il dit : je sais qui vous êtes. Je l'ai su dès que vous avez été devant moi, à l'hôtel, sur le trottoir.

Il s'exprime sans forfanterie mais avec aplomb.
À cet instant, je pose l'hypothèse qu'il m'a peut-être aperçu une fois à la télévision et qu'il possède une excellente mémoire. Éventuellement qu'il a lu un de mes livres mais je n'y crois pas tellement ; les garçons de vingt ans ne lisent pas mes livres, ou si peu.
Il met un terme à mes spéculations : mon père m'a parlé de vous. Un jour que vous passiez à la télé, il a dit qu'il vous avait fréquenté au lycée.
Il se remémore combien il lui a paru bizarre alors, agité en fait, et ça l'a étonné parce que son père, il ne le voyait que calme. Le fils a mis cette agitation sur le compte de la surprise, de la stupeur. Et puis ce n'est

pas tous les jours qu'on connaît une personne qui passe à la télé. Pas tous les jours non plus qu'une personne surgit de votre passé lointain, sans préavis.

Je dis : mais comment tu as pu te souvenir de moi ? Si tu ne m'as vu que cette fois-là, avec lui.

Il corrige : je vous ai vu plusieurs fois. Quand le magazine télé annonçait votre présence dans une émission, on regardait.

Le père commandait le silence, la mère préférait retourner à sa cuisine, à d'autres occupations, ça ne l'intéressait pas tellement les écrivains, ça ne l'intéressait pas tellement non plus ce que son mari avait vécu avant de la connaître. L'enfant, lui, restait. Il n'osait pas poser de questions. Il se doutait que son père n'y aurait pas répondu. Mais il restait. Il regardait davantage son père, les yeux rivés sur l'écran de télévision, que l'écran lui-même.

Il dit : il lisait vos livres, lui qui n'en avait jamais lu un seul.

Il indique que les livres se trouvent à la maison, quelque part, pas à la vue, dans une armoire sans doute, ou au grenier, en tout cas ils y sont. Le fils se souvient d'une couverture : il s'agit d'une peinture, un bar, une femme avec une robe rouge est assise au comptoir, à côté d'elle un homme portant un costume, un chapeau, ils se tiennent très près l'un de l'autre, ils se touchent quasiment, il y a ça entre eux, la proximité, mais on n'est pas certain que ce soit de l'intimité, on voit également un serveur de l'autre côté du comptoir, habillé de blanc, penché en avant, affairé à on ne sait quoi. Il dit : c'est une peinture américaine, non ?

Je donne le nom du peintre. Je suis incapable d'articuler un autre mot.

Toujours le brouhaha, le va-et-vient des voyageurs, des existences qui se croisent, des corps qui se frôlent avant de se perdre à jamais, comme dans le hall des hôtels, et des annonces au micro ponctuées par cet horrible jingle sonore, ce tatatala, ce *do-sol-la-mi*, qui m'exaspère.
Et il me semble que je perds Lucas, qu'il devient flou, que même le décor devient inconsistant, un peu comme les montres molles de Dalí.
Pourtant, une voix me ramène dans le réel, celle de l'enfant : alors ? Vous travaillez sur quoi en ce moment ?
Il me faut une poignée de secondes avant de reprendre la parole. D'abord, je dis que je ne sais pas parler des livres tandis qu'ils s'écrivent, parce que c'est encore trop imprécis, mouvant, et parce que je ne suis pas certain d'arriver au terme (j'emploie à dessein ce mot emprunté au vocabulaire de la grossesse), j'ajoute que c'est aussi de la superstition de ma part. Il n'en croit pas un mot, je le devine à son haussement de sourcils. Je cède aussitôt. Je dis : l'histoire de deux amis inséparables que le temps finit par séparer. Il sourit. Je l'invite à ne rien y voir de personnel. Je précise que mes livres sont des fictions toujours, que je n'écris pas sur la vraie vie, que ça ne m'intéresse pas.

Il me demande si j'ai un titre, parce que *c'est important, les titres*. Je réponds que je ne suis pas certain encore. Il insiste. Je lâche que le roman s'appellera sans doute *La Trahison de Thomas Spencer*.

Il paraît réfléchir. Se demander s'il s'agit d'un bon titre. J'ai peur qu'il s'arrête sur le prénom du héros. Qu'il en sourie à nouveau. Mais non. Il lève la tête vers le tableau des horaires, comme pour vérifier si son quai est affiché puis s'en revient à moi.

Il dit : il trahit son ami, votre Thomas Spencer, c'est ça ?

Je dis : c'est un peu plus compliqué… En fait, il trahit plutôt sa jeunesse.

Il dit : c'est la même chose, non ?

Soudain, le numéro du quai apparaît sur le tableau géant.

Dans la foulée, il annonce qu'il y va, qu'il doit me laisser maintenant, qu'il a été heureux de me rencontrer, qu'il aurait bien aimé discuter davantage mais bon. Il me serre la main pour prendre congé. Il n'y ajoute aucune cérémonie, aucun sentiment. Puis s'éloigne. La séparation a pris moins de dix secondes. La dislocation.

Au bout de quelques pas, il s'immobilise et revient vers moi.

Il me lance : vous avez de quoi noter ? Je vous donne son numéro. Appelez-le, ça lui fera plaisir.

J'obéis, au moins pour la forme. Je me saisis de mon téléphone, j'y entre les dix chiffres à mesure qu'il me les épèle, les dix chiffres qui me rendent Thomas accessible pour la première fois depuis vingt-trois ans.

Il me regarde, longuement, après.

Je ne comprends pas son insistance. Je dis : quoi ? Qu'est-ce qu'il y a ?

Il dit : votre numéro à vous, c'est quoi ? Non, je vous le demande parce que vous êtes le genre à ne pas appeler.

Je m'exécute. Il consigne mes coordonnées.

Je dis : et ton père, tu crois qu'il est le genre à appeler ?

Il me dévisage à nouveau longuement. Je suis à nouveau pétrifié par sa ressemblance.

Il dit : ça, c'est vous qui savez. Je suis sûr que vous le connaissez beaucoup mieux que moi.

Cette fois, l'enfant jumeau s'en va pour de bon. Il me rend à la solitude. La plus profonde, celle qu'on ressent au cœur d'une foule. Il ne me reste qu'à quitter la gare. Et à marcher. À marcher longtemps.

Je n'appellerai jamais Thomas.

Pourtant, j'hésiterai beaucoup. Plusieurs fois, je me saisirai d'un téléphone, je composerai les chiffres, je n'aurai plus qu'à appuyer sur la dernière touche et chaque fois, je renoncerai.

Les raisons ? Elles changeront selon les jours.

À l'époque, je vis avec A., quinze de moins que moi, qui n'aime pas les garçons mais qui m'aime moi, allez savoir pourquoi, c'est une histoire bancale, donc fragile, j'aurai peur de rompre cet équilibre précaire. Parce que je ne me paie pas de mots : appeler Thomas, lui parler, demander à le revoir peut-être serait tout sauf anodin. Je ne peux pas dire : après tout, il ne s'agit que d'un coup de fil, une reprise de contact. Je sais que c'est beaucoup plus que ça. Même s'il devait m'opposer une fin de non-recevoir, le seul fait d'appeler a des allures de trahison – on y revient, on y revient toujours. Ou, sans aller jusqu'à cette extrémité, le geste en direction de Thomas serait un geste de méfiance envers A., une prise de distance, et la mise à nu d'une incomplétude amoureuse.

Je redoute aussi la cruauté du réel. Nous avions dix-huit ans, nous en avons quarante. Nous ne sommes plus ceux que nous avons été. Le temps a passé, la vie nous a roulé dessus, elle nous a modifiés, transformés. Nous ne nous reconnaîtrons pas. Peu importe que l'apparence ait été préservée, c'est le fond de ce que nous sommes qui n'a plus rien à voir. Il est marié, père, il s'occupe d'une ferme en Charente. Je suis romancier, je passe six mois de l'année hors des frontières. Comment les cercles de nos deux existences auraient-ils le moindre point d'intersection ?

Mais surtout, nous ne retrouverons pas ce qui nous a poussés l'un vers l'autre, un jour. Cette urgence très pure. Ce moment unique. Il y a eu des circonstances, une conjonction de hasards, une somme de coïncidences, une simultanéité de désirs, quelque chose dans l'air, quelque chose aussi qui tenait à l'époque, à l'endroit, et ça a formé un moment, et ça a provoqué la rencontre, mais tout s'est distendu, tout est reparti dans des directions différentes, tout a éclaté, à la manière d'un feu d'artifice dont les fusées explosent au ciel nocturne dans tous les sens et dont les éclats retombent en pluie, et meurent à mesure qu'ils chutent et disparaissent avant de pouvoir toucher le sol, pour que ça ne brûle personne, pour que ça ne blesse personne, et le moment est terminé, mort, il ne reviendra pas ; c'est cela qui nous est arrivé.

Thomas n'appellera jamais non plus.

Chapitre trois
2016

Il y a quelques semaines, j'ai reçu une lettre de Lucas, adressée à ma maison d'édition, et aussitôt renvoyée à mon domicile. Neuf ans après notre unique rencontre, il m'écrivait. Dans la lettre, il indiquait qu'il serait de passage à Paris lors de la dernière semaine de février (j'ai consulté le cachet de la Poste, l'envoi avait été fait de la Charente), qu'il aimerait me voir, il se reprenait, en fait il *tenait absolument* à me voir, parce qu'il devait me remettre quelque chose, il restait énigmatique, comme si cette énigme était nécessaire pour me conduire à lui répondre favorablement, ou comme s'il n'était pas certain que la lettre me parviendrait réellement ou ne serait pas ouverte et qu'il convenait de s'en tenir à une certaine ellipse. Il m'imaginait très occupé, avec la sortie de mon dernier roman, il en mentionnait le titre, mais il espérait que je saurais *trouver un moment* pour lui. Il laissait un numéro de téléphone. Assurait qu'il s'adapterait à mon emploi du temps, le sien était flexible.

Je devais en effet me rendre dans des librairies pour parler de mon livre mais j'étais plutôt disponible cette dernière semaine de février, je n'avais pas de raison de décliner son invitation.

Et puis, il m'avait intrigué, je le reconnais.

Je n'ai pas osé l'appeler, j'avais peur je crois de devoir entamer une conversation au téléphone, il aurait fallu commencer à prendre des nouvelles, combler les vides, les années écoulées, il aurait dû esquiver pour ne pas entrer dans le vif du sujet, j'ai pensé que ce contact nous placerait en porte-à-faux, je me suis contenté de composer un SMS, de proposer un lieu, une heure. Moins d'une minute plus tard, il a répondu : c'est noté, j'y serai.

J'ai choisi le café Beaubourg, parce qu'il se trouve juste à côté de chez moi. Le matin, parce que c'est calme. Le premier étage, parce qu'il n'y monte presque jamais personne, et que j'aime la vue sur le centre Pompidou.

J'arrive le premier, un peu nerveux, je le confesse. J'ai acheté les journaux au kiosque juste en bas, je les feuillette sans les lire, sans m'attarder sur rien en particulier. Je constate simplement qu'on y évoque les primaires américaines, que des photos de Donald Trump et d'Hillary Clinton illustrent les articles. Cette frénésie préélectorale, à coups de milliards de dollars, me passionne d'ordinaire. Mais pas ce matin-là. Pas le matin de la réapparition de Lucas Andrieu.

Quand il se présente, je le reconnais sans mal. Il grimpe l'escalier en colimaçon, lentement, me cherchant du regard. Une fois qu'il m'a repéré, il avance calmement dans ma direction. Son corps s'est alourdi, son adolescence s'est entièrement estompée ; sa gracilité. Il paraît désormais moins désinvolte, plus construit. C'est un homme qui s'en vient.

Il n'y a pas de sourire non plus. J'avais conservé en mémoire son allant, son rayonnement. Le sérieux a envahi ses traits. Mais ce n'est peut-être que de la réserve, un peu de timidité pour ces retrouvailles tant d'années après. Des retrouvailles organisées, qui plus est. Le hasard éliminé, demeure une sorte de solennité.

Pourtant, ce qui me frappe le plus, c'est son teint hâlé. Je lui en fais la remarque d'emblée, ce qui constitue une entrée en matière comme une autre et nous évite surtout les formules convenues, les salutations embarrassées. Il dit : c'est parce que je vis en Californie maintenant, il fait soleil tout le temps là-bas, vous savez bien.

Il explique son « vous savez bien » : en fait, un jour, je suis tombé sur une interview où vous racontiez que vous habitez une partie de l'année à Los Angeles. Parfois, je me disais qu'on allait s'y rencontrer. C'est immense, L.A., bien sûr, c'est même interminable, ce n'est pas à vous que je vais l'apprendre, mais les coïncidences parfois... Ça ne s'est pas produit... Et je ne pouvais pas vous appeler parce que je n'avais pas conservé votre numéro.

Je lui demande ce qu'il fait en Californie. Il explique qu'il travaille pour un grand cru, pour un de ces vignobles qui ont racheté des cépages français et les développent sur place, il en est le directeur commercial (il emploie un terme anglo-saxon, c'est moi qui traduis). Je songe : en voilà au moins un qui a réalisé son ambition de jeunesse.

Je dis : et tu es revenu en Charente passer quelques jours de vacances ?

Aussitôt – oui, cela exige à peine deux ou trois secondes, c'est très bref, mais très spectaculaire – à l'ombre jetée sur son visage, à l'affolement des paupières, à la nervosité immédiate des mains, à la tristesse tout simplement, je comprends qu'un malheur est arrivé.

Je comprends quel malheur est arrivé.

Il cherche ses mots. Et moi, je ne veux pas qu'il les prononce. Je ne veux pas les entendre. On peut refuser les mots qui blessent, comme un cheval refuse l'obstacle.

Je devance les mots blessants, je dis : c'est arrivé quand ?

Il dit : il y a quinze jours, je suis rentré précipitamment.

Il raconte le coup de tonnerre de cette nouvelle inattendue, un appel au milieu de la nuit, le décalage horaire, les limbes, l'étrange bourdonnement à son oreille, il a demandé qu'on répète pour être certain d'avoir bien saisi, c'était inutile évidemment mais il en a eu besoin.

Tandis qu'il parle, je me remémore avec exactitude un lundi de mai 2013. Pour moi, c'était aux alentours de neuf heures trente le matin – j'ai rallumé mon téléphone, toujours éteint pendant la nuit. Je venais de finir de me préparer pour me rendre à un rendez-vous.

J'étais à l'heure (je suis toujours à l'heure), je m'apprêtais à quitter mon appartement, à sauter dans un taxi. Le téléphone m'a aussitôt prévenu de la présence d'un message vocal. J'ai appuyé sur la touche messagerie. « Maman » est apparu et l'heure juste à côté : 8 h 21.

J'ai su tout de suite.

Pourtant, j'avais toujours imaginé que cela se passerait autrement. Que je décrocherais le jour où elle m'appellerait pour m'annoncer la funeste nouvelle. Qu'elle dirait : ton père est mort. Du reste, depuis des mois, mon pouls s'accélérait chaque fois qu'il me fallait répondre à un de ses appels. Je n'avais pas envisagé qu'elle laisserait un message, qu'elle serait amenée à faire cela, qu'elle n'aurait pas le choix. Après coup, j'ai pensé qu'elle aurait pu dire simplement : rappelle-moi et m'annoncer les choses de vive voix. Mais cela aurait été stupide, bien sûr. Le seul son de sa voix – pas vive justement, déjà morte, épuisée en tout cas, et traversée de sanglots – constituait un aveu. Elle a dit : c'est maman, c'est fini, papa est parti. Les mots qui nous crucifient sont les mots les plus simples. Presque des mots d'enfant.

Après ? J'ai appelé S. qui se trouvait dans la salle de bains. J'ai dû m'y reprendre à deux fois : la première, je n'étais pas audible. Au son de ma voix, il a, lui aussi, compris tout de suite. Il n'a pas posé de question, il est venu m'enlacer. Je me tenais devant la fenêtre, regardant la cime des arbres, les façades de la rue Froidevaux où j'habitais alors, ou ne regardant rien plus sûrement, il s'est glissé derrière moi et m'a étreint. À ce moment-là, les larmes sont advenues. Je ne sais plus très bien si j'ai fini par dire quelque chose. Je ne crois pas. Il faudrait que je demande à S. Il a une mémoire si précise. Il n'oublie jamais rien.

Dans la foulée, poursuit Lucas, il y a eu le retour du cartésien : organiser son déplacement jusqu'à Barbezieux, trouver précisément l'horaire du prochain vol Los Angeles-Paris, réserver un billet d'avion et un autre de train sur Internet, avoir la chance qu'il reste des places, il sourit quand il dit la chance, préparer un sac de voyage, annuler ses rendez-vous ; des choses concrètes, précises, matérielles, qui distraient du chagrin, au moins pour quelques instants, mais alors il s'agissait de sauver ce qui pouvait l'être, à commencer par les instants, une minute après l'autre. Il s'agissait de tenir. Une minute de plus. Et encore une minute.

Vingt-quatre heures plus tard, il parvenait à destination.

Vingt-quatre heures plus tard, il pouvait découvrir le corps de son père dans la chambre mortuaire.

Quand il pénètre dans la petite pièce, sur la porte de laquelle est accrochée une pancarte désignant nommément le disparu (c'est ainsi qu'on finit, avec son nom sur une porte à la morgue), ce qui le frappe, c'est la lumière bleutée et l'odeur de ce qu'il présume être le produit chimique utilisé pour l'embaumement. Manière pour lui de ne pas tourner le regard en direction du cercueil, de s'accorder un dernier délai avant de s'y plier. Quand il porte finalement ses yeux sur le cercueil ouvert, une sensation qu'il est incapable de qualifier le saisit : son père semble entre la vie et la mort. À l'évidence, son immobilité cireuse et cette infime dissemblance avec lui-même confirment qu'il n'appartient plus au monde des vivants, le fait même qu'il gise dans un cercueil en est la confirmation aveuglante, mais le maquillage donne de l'éclat à sa peau, tout son être paraît simplement ensommeillé au point qu'il n'exclut pas que son intrusion puisse le réveiller. Il s'approche à pas comptés, vient toucher le front, le crâne est dur comme de la pierre, la mort cette fois est indubitable. Une chose le rassure : les embaumeurs ont accompli un travail remarquable, on ne distingue pas la trace de la corde autour du cou.

Je franchis un cap supplémentaire dans la sidération.
Il dit : mon père s'est pendu. On l'a retrouvé pendu dans sa grange.

Je voudrais ne pas visualiser la scène, je voudrais m'interdire cette épreuve, m'épargner ce masochisme mais c'est plus fort que moi, est-ce l'écrivain qui l'emporte, même dans ces circonstances, celui qui imagine tout, celui qui a besoin de voir pour donner à voir, toujours est-il que l'image se forme, s'impose : je *vois* le corps suspendu au bout de la corde, la tête penchée, la carotide comprimée, le léger balancement, la corde a été accrochée à une poutre, la chaise renversée, les rais d'un soleil hivernal filtrent au travers des planches et viennent mourir sur la paille.

Un souvenir vient se superposer à l'image. C'est en 1977 ou 1978, au printemps, une collègue de mon père, une institutrice, est retrouvée pendue dans sa salle de classe. Elle s'appelait Françoise. Je me rappelle sa grande taille, ses longs cheveux toujours dénoués, mal brossés, ses larges robes à fleurs ; ça se portait en ce temps-là. Elle devait avoir dans les trente-cinq ans. D'aucuns ont prétendu qu'elle s'était tuée pour échapper au stress du métier d'enseignant. C'est possible. Les gens, en tout cas, ont confié leur stupeur et leur chagrin. J'avais dix ans alors et si extravagant que cela puisse paraître, moi, j'ai expliqué que le malheur se voyait sur elle, et que je n'étais pas surpris. J'ai dit qu'elle avait décidé *de ne pas aller plus loin*. Je ne connaissais rien à la mort pourtant, encore moins au suicide mais c'est la phrase qui m'est venue. On m'a prié de me taire.

Un aveu. Je fais autre chose encore, autre chose que visualiser la scène, autre chose que convoquer un souvenir, je me dis : à quoi Thomas a-t-il pensé, quand ça a été le dernier moment ? après avoir passé la corde autour de son cou ? avant de renverser la chaise ? et d'abord, combien de temps cela a-t-il duré ? une poignée de secondes ? puisqu'il ne servait à rien de perdre du temps, la décision avait été prise, il fallait la mettre à exécution, une minute ? mais c'est interminable, une minute, dans ces circonstances, et alors comment l'a-t-il remplie ? avec quelles pensées ? et j'en reviens à ma question. A-t-il fermé les yeux et revu des épisodes de son passé, de la tendre enfance, par exemple son corps étendu en croix dans l'herbe fraîche, tourné vers le bleu du ciel, la sensation de chaleur sur sa joue et sur ses bras ? de son adolescence ? une chevauchée à moto, la résistance de l'air contre son torse ? a-t-il été rattrapé par des détails auxquels il ne s'attendait pas ? des choses qu'il croyait avoir oubliées ? ou bien a-t-il fait défiler des visages ou des lieux, comme s'il s'agissait de les emporter avec lui ? (À la fin, je suis convaincu qu'en tout cas il n'a pas envisagé de renoncer, que sa détermination n'a pas fléchi, qu'aucun regret, s'il y en a eu, n'est venu contrarier sa volonté.) Je traque cette ultime image formée dans son esprit, surgie de sa mémoire, non pas pour escompter y avoir figuré mais pour croire qu'en la découvrant, je renouerais avec notre intimité, je serais à nouveau ce que nul autre n'a été pour lui.

Lucas dit : je devine ce que vous allez me demander mais non, il n'a pas laissé d'explication, on n'a pas trouvé de lettre.

Je présume qu'ils l'ont cherchée, cette lettre, qu'ils l'ont espérée, pour ne pas demeurer seuls avec les questions, les pourquoi, pour ne pas avoir à surmonter l'affreux remords de n'avoir rien vu venir, pour ne pas être rongés par la culpabilité, pour ne pas devoir affronter le mystère de cette mort, mais le disparu ne leur a pas concédé la grâce de la leur écrire. Il est parti sans soulager par avance leur mauvaise conscience. Aura-t-il voulu les punir, mais de quoi ? Ou tout simplement s'en sera-t-il tenu à cette vérité fondamentale : à la fin, la mort ce n'est qu'une affaire entre soi et soi ?

D'évidence, quelques nuits blanches attendent l'enfant désorienté. C'est déjà beaucoup de perdre son père. C'est plus dur encore quand celui-ci s'en va à un âge auquel il n'était pas supposé partir. Mais on est dans l'effroyable, dans l'infernal quand il choisit de se donner lui-même la mort. Alors oui, ça tournera et tournera encore dans sa tête. Ça lui déchirera le ventre. Il tentera de se remémorer les derniers temps pour y déceler des indices, un début d'interprétation, un éclaircissement, il s'en voudra de ne pas avoir perçu le désespoir (car enfin, c'est de cela qu'il s'agit, non ?), mais il butera toujours sur cette réalité têtue : il ne sait pas. Son unique certitude sera le chagrin.

Je lui demande des nouvelles de sa mère, forcément éprouvée par le drame.

Aussitôt, Lucas baisse la tête et son affaissement ressemble à une défaite supplémentaire, à un accablement.

Il m'apprend qu'elle n'était pas présente à l'enterrement. Il ajoute, en une pauvre tentative de justification, ou dans une manœuvre dilatoire, qu'il n'y avait presque personne, de toute façon, que les rangs de l'église étaient plus que clairsemés. Il dit que son père a fini par payer le prix de sa sauvagerie.

Je lui rétorque que la défection de l'épouse ne peut pas être la conséquence de son seul isolement. Qu'il s'est forcément passé quelque chose.

Il relève la tête, le moment est venu pour lui de raconter l'histoire ; au fond, il m'a sans doute convoqué pour cela, pour que l'histoire soit racontée, et qu'elle le soit à une personne capable de l'entendre.

Il y a quelques années, la date n'est pas mentionnée, Thomas Andrieu décide de changer radicalement de vie. Ce changement s'opère du jour au lendemain.

Il n'y aura pas eu de signes avant-coureurs, il n'observe pas de préavis, il a tout organisé néanmoins.

Il réunit ses parents, sa femme, son fils, dans la grande cuisine de la ferme, il est grave, déterminé, il ne tremble pas, ne se racle pas la gorge, cela l'enfant se le rappelle, l'absence d'hésitation, l'absence d'état d'âme, une grande résolution accompagnée d'un grand sang-froid, ce qu'il se rappelle le mieux, poursuit-il, c'est le calme, on aurait entendu une mouche voler, il emploie cette expression, pourtant le père n'a presque rien dit encore mais c'est comme si tout le monde s'attendait à une déflagration, il se tient droit, il leur annonce à tous *qu'il s'en va*.

On imagine la stupéfaction, l'incompréhension, l'effarement, le cri qu'on ne peut pas réprimer, la colère qui surgit, l'imploration peut-être de la mère ou de l'épouse, mais rien de tout ça. Il commande le silence. Dit qu'il n'a pas fini, qu'il a encore des choses à annoncer.

Il précise qu'il va quitter la maison, la ferme, que *c'est terminé pour lui, tout ça*, que le père devra trouver quelqu'un d'autre, dégoter un apprenti ou un successeur, un qui acceptera de *s'y coller*, et vendre à qui voudra bien acheter quand sonnera l'heure de la retraite. Il ajoute qu'en quittant la ferme, il renonce aussi à ses droits sur elle, à l'héritage de la terre, que ce n'est plus ses affaires, que ça ne le concerne plus.

Il continue de s'exprimer sans effet, son ton est monocorde, il regarde, devant lui, la famille réunie, mais c'est comme s'il ne la distinguait pas, comme si elle avait disparu, comme s'il parlait aux champs à perte de vue, au vent, aux nuages filants d'un ciel de traîne, dans l'encadrement de la fenêtre.

Il déclare qu'il a pris un avocat pour la procédure de divorce, il tient à ce que tout soit accompli dans les règles, qu'il y ait une séparation officielle, des papiers, que rien ne demeure en suspens, comme ça sa femme pourra *refaire sa vie* si elle le souhaite, elle ne sera retenue par rien, entravée par aucun lien. Il déclare qu'il lui laisse l'argent, le patrimoine commun, il n'emporte rien avec lui.

L'enfant n'y voit pas un geste de générosité ou de désintéressement mais plutôt une façon radicale de se débarrasser, d'éradiquer le passé, de solder les comptes.

Il ajoute que son fils est grand maintenant, que ses études touchent à leur fin, il est *tiré d'affaire*, il décrochera facilement un travail, des opportunités l'attendent, le monde lui ouvre les bras, il ne s'inquiète pas pour lui, il lui souhaite le meilleur, il est persuadé que le meilleur adviendra. Il dit que lui, il a fait *sa part du boulot*. L'enfant n'a pas oublié cette formule. Sur le moment, elle lui traverse le corps comme le ferait une épée.

Il dit qu'il part s'installer ailleurs, ne nomme pas l'endroit, il ne souhaite pas qu'on cherche à le contacter, il disparaît, voilà.

Il n'exprime aucune contrition, ne fournit aucune explication. (Je songe qu'il a agi exactement de la même manière quand il a choisi de se pendre.)

Une heure plus tard, il quitte les lieux.

Entre-temps néanmoins, sa femme aura essayé, dans les larmes, de le retenir, s'agrippant à lui, escomptant que son désarroi et son dénuement le feront fléchir ; il ne flanche pas. Son père l'aura copieusement injurié, lui jetant à la face que, comme ça, au moins, pour de bon, il ne sera plus son fils ; il paraît indifférent à cette excommunication, venue de loin, retenue, et finalement expulsée, comme on crache de la bile. Sa mère aura tenté de le ramener à la raison ; il lui objectera que cela fait si longtemps qu'il est raisonnable, peut-être la seule piste qu'il ouvrira. Lucas, lui, ne dira rien. Restera tapi dans un coin. Spectateur de la froide détermination de cet homme qu'il découvre, de ce géniteur qui offre en cette occasion le visage d'un parfait inconnu et déjà d'un parfait étranger. D'un lointain.

Pendant les huit années qui suivent, Thomas se montre d'une rigueur exemplaire : pas un mot, pas un appel, pas le moindre signe. Il a changé de numéro de téléphone, nul ne connaît sa nouvelle adresse, il ne se manifeste jamais, personne ne le croise, même fortuitement. Parfois on se demande s'il n'est pas réellement mort.

La famille accepte son diktat. Bien obligée. On ne peut rien contre la volonté d'un seul homme. Mais ce petit monde navigue, au gré des jours, entre ressentiment et tristesse, entre questionnement et colère, entre hébétude et détestation. On spécule aussi sur ce qu'il a pu devenir, on se dit qu'il a dû retourner en Espagne, ou bien qu'il voyage sous un nom d'emprunt, ou tout simplement qu'il s'est installé dans un coin reculé, où il vit en ermite. Personne ne parie sur autre chose que sa solitude. Oui, tout le monde s'accorde à penser qu'il est forcément retourné à son état premier, la solitude. Pour un peu, on fabriquerait une légende.

Sauf qu'avec le temps, ça se dissipe, ça s'estompe, ou bien ça se disperse comme le pollen dans l'air au retour du printemps. Lucas murmure : on s'habitue à tout, y compris à la défection de ceux à qui on se croyait lié pour toujours.

Je dis : tu parles de défection...
Il me dévisage. Il dit : c'est vrai que vous êtes écrivain, que les mots ont de l'importance pour vous. Vous avez raison, ils en ont. Et d'ailleurs, pendant longtemps, je me suis employé à mettre des mots sur sa disparition. J'en ai trouvé plusieurs, des tas, je les ai même classés dans l'ordre de l'alphabet, si vous voulez tout savoir : abandon, absence, départ, dissipation, dissolution, éclipse, effacement, éloignement, envol, esquive, évanouissement, extinction, fuite, mort, perte, retrait, soustraction. Plus ceux que j'ai oubliés.

Mais celui qui lui semble le plus approprié – il n'ose pas dire : celui qu'il préfère – c'est effectivement *défection*. D'habitude, on l'emploie à propos de ces espions qui franchissaient la frontière, dans un sens ou dans l'autre, lorsque notre monde était divisé en deux blocs et que la guerre était froide. Il dit : oui, ça me fait penser à ce danseur russe, Noureev c'est ça ?, vous savez, quand il enjambe la barrière qui sépare le camp soviétique du camp occidental à l'aéroport du Bourget, au début des années soixante.

Il voit dans son geste quelque chose de romanesque et dangereux, la manifestation d'une insoumission, d'une indiscipline, un désir irrépressible de liberté, le besoin de s'affranchir. Et puis un élan. Cela lui plaît et le rassure, certains soirs, d'envisager que c'est ce même élan qui est à l'origine de la disparition de son père.

Dans le mot défection, il y a une autre idée : son père lui a manqué. Et le double sens de ce verbe convient absolument.

D'abord, une faute, une infraction, une violation. Il s'est dérobé à ses obligations, écarté des routes droites, il a enfreint les règles non écrites, péché contre l'ordre établi, joué contre son camp, piétiné la confiance placée en lui, offensé ses proches, ses amis, il a trahi.

Ensuite, une morsure, une douleur, un chagrin. Il n'a pas été présent alors qu'on comptait sur lui, il a laissé un vide que nul n'est venu combler, des questions auxquelles nul n'a su répondre, une frustration irréductible, une demande affective que nul n'a été en mesure d'étancher.

Je lui demande s'il a tenté quelque chose pour retrouver la trace de son père. Il dit : au début non. Il respecte sa décision, même s'il ne la comprend pas, même si elle le fait souffrir, même s'il la trouve incroyablement vulnérante pour sa mère (il doit entrer de l'orgueil blessé également dans ce refus, je suppose). Il lâche : bon, au bout de quelque temps, j'ai envisagé de le rechercher, j'ai même pensé à embaucher un détective. Le besoin de comprendre s'est fait plus prégnant. Le besoin d'avoir une conversation aussi. Parce que le silence le rend fou. Il dit : finalement, j'ai renoncé. Il a sa vie d'adulte à mener, son avenir à inventer, il n'entend pas être lesté par le passé, par de pauvres affaires familiales (le ressentiment a repris le dessus, le temps a fait le reste).

Tout de même, moi, je me demande comment on fait pour accepter cet entre-deux, cette absence qui n'est pas la mort, cette inaccessibilité qui n'est pas irrémédiable, cette existence fantomatique, comment on s'y résout, comment on n'est pas rattrapé par vagues régulières par le besoin de corriger cette imposture, de mettre fin à ce faux-semblant, de ne plus tolérer cette étrangeté, ou tout simplement par le manque (on y revient sans cesse). On a beau vouloir respecter la liberté d'autrui (y compris quand on la juge égoïste), on a aussi sa propre douleur, son courroux ou son spleen à surmonter. Mais je ne pose pas la question au fils amputé.

Et puis, un jour, contre toute attente, le père finit par revenir dans la région. Il s'installe dans une ferme des environs.
C'était l'an dernier.
La rumeur de son retour court, parvient aux oreilles de ses proches. Cependant, personne ne vient prendre de ses nouvelles. Ni ses parents qui le tiennent pour mort. Ni son ex-femme, laquelle est repartie en Galice, s'y est remariée, et ne veut plus entendre parler de lui.
Seul son fils, à l'occasion d'un de ses séjours en France, décide de lui rendre visite.

Il raconte que l'homme a beaucoup changé, terriblement vieilli, il est presque méconnaissable. À sa grande surprise, néanmoins, il le convie à sa table, lui demande s'il veut boire quelque chose, comme s'ils s'étaient quittés la veille, comme s'il n'y avait pas eu la vie normale pulvérisée en un claquement de doigts et puis le black-out, huit années d'obscurité absolue.

Le fils accepte l'invitation, s'assoit à la table, contemple l'homme usé, au visage ridé, n'éprouve pas de compassion, il ne distingue plus leur ressemblance, leur fameuse gémellité, se demande même si elle a existé un jour. La seule chose qu'il reconnaît, c'est la sauvagerie.

La discussion s'engage mais elle se perd rapidement en banalités, en onomatopées, très vite il n'y a plus que le fils qui parle. Alors, il finit par poser la question inévitable, demander une explication, pour le départ, pour le retour. Le père ne répond pas, ne fournit aucune justification. S'en tient au mutisme. Le fils demande si, au moins, il éprouve des regrets. L'homme relève la tête, fixe son enfant. Il dit : non. Il dit : je pourrais regretter *si j'avais eu le choix. Mais je n'ai pas eu le choix.* Il ne dit rien d'autre.

Je demande à Lucas s'il comprend la phrase de son père.
Il répond que oui. Il précise : maintenant, oui. Elle a donné corps à ses anciennes intuitions. Je dis : tes intuitions ? Ma voix tremble légèrement. Il entend le tremblement. Et me fixe, dans l'intention évidente de me faire comprendre que nous parlons de la même chose, qu'il a *compris.*

Il dit : je crois que ça a commencé à se former dans mon esprit dès l'hôtel à Bordeaux, mais pas quand vous m'avez appelé dans le hall en croyant que j'étais mon père, pas non plus quand vous m'avez dit que je lui ressemblais, après tout vous n'étiez pas le premier, non, c'est arrivé quelques instants après quand vous n'avez plus été capable de parler et que vous m'avez regardé, j'ai compris que vous l'aviez aimé, que vous aviez été amoureux de lui, ça débordait. À ce moment-là, je vous avais reconnu, je savais qui vous étiez, je savais que vous étiez homosexuel, vous le dites à la télévision quand on vous interroge, vous répondez sans hésiter. Quand je suis arrivé à Nantes, ce jour-là, je suis allé directement dans une librairie, j'ai cherché vos livres, j'ai trouvé *Son frère*, *Un garçon d'Italie* et *Se résoudre aux adieux*, je les ai pris tous les trois, je les ai lus aussitôt. Et ces livres, ils n'ont fait que confirmer mes doutes. Dans *Se résoudre aux adieux*, vous écrivez des lettres à un homme que vous avez aimé, qui vous a quitté et qui ne vous répond jamais, et vous voyagez tout le temps pour essayer de l'oublier. Je dis : ce n'est pas moi qui écris à cet homme, c'est une femme, c'est mon héroïne. Il dit : vous allez faire croire ça à qui ? Il poursuit : dans *Son frère*, le héros s'appelle carrément Thomas Andrieu. Vous allez m'expliquer que c'est un hasard ? Je baisse les yeux, nier serait insulter son intelligence. Il enfonce le clou : et *Un garçon d'Italie*, ça raconte une double vie, l'histoire d'un homme qui ne sait pas choisir entre les hommes et les femmes, et qui ment. J'ai eu l'impression qu'ils étaient comme les pièces d'un puzzle, vos romans, il suffisait d'assembler et ça formait une image compréhensible.

Huit jours plus tard, je suis rentré à Lagarde, chez mes parents. J'ai attendu d'être seul avec mon père pour lui apprendre que je vous avais rencontré. Je devais me douter qu'il valait mieux que ma mère ne soit pas dans les parages. Vous auriez dû voir son visage à ce moment-là : un aveu.

Il n'a rien dit pourtant, il a même fait semblant de ne pas y accorder d'importance, mais c'était trop tard, il y avait eu le moment, celui où il m'entend lui dire que je vous ai vu, celui où il ne peut pas s'empêcher de plier les genoux, il n'a pas bougé mais, je vous jure, c'est comme s'il avait plié les genoux.

J'ai eu la certitude *à cet instant précis* qu'il avait été amoureux de vous, que ça avait existé, mon père amoureux d'un garçon.

C'était aveuglant.

Je n'ai pas eu besoin de lui poser la question.

J'imagine que, de toute façon, je n'en aurais pas eu le courage. Après, je me suis dit : c'était peut-être juste une passade, une phase, ça a existé oui mais ça s'est terminé, il est passé à autre chose, à la vie, une femme, un enfant, ça doit arriver souvent, ces choses-là. Je me suis dit : et quand il l'a revu à la télé, ça a ravivé le souvenir, mais c'est comme une nostalgie, un secret du passé, tout le monde a des secrets, d'ailleurs c'est bien d'avoir des choses juste à soi. Ça aurait pu en rester là. Ça aurait dû en rester là.

Sauf que deux jours après notre conversation, mon père nous a réunis pour nous annoncer son départ.

La révélation me foudroie. Le terme est on ne peut plus approprié tant j'éprouve la sensation physique d'être traversé par une décharge électrique. Et juste après d'être frappé de paralysie.

Il demande : vous ne dites rien ?

Il n'y met aucune forfanterie, aucune accusation. Je discerne plutôt de la curiosité et l'espoir d'être rejoint.

Je réponds : je ne vois pas ce que je pourrais dire…

Et rien n'est plus exact que mon incompétence, mon impuissance.

Il attend néanmoins. Il attend une parole.

Rassemblant mes esprits, je finis par faire observer que le départ de son père avait l'air très organisé : l'avocat pour le divorce, la renonciation à l'héritage, il devait même connaître sa destination ; il ne l'a pas décidé sur un coup de tête. J'ajoute qu'une rencontre entre son fils et moi, si elle sortait certes de l'ordinaire, si elle pouvait remuer des souvenirs, ne portait pas à conséquence, à ce genre de conséquence, n'avait aucune raison de provoquer pareil chamboulement.

Il dit qu'il est d'accord avec moi. Il y a beaucoup réfléchi. Et ce qu'il a découvert après sa mort n'a fait que le conforter dans sa réflexion. Selon lui, cette information n'a fait que *précipiter* un choix auquel il pensait depuis longtemps, l'a rendu inéluctable. A agi comme une *révélation*. Son père s'était menti trop longtemps, il fallait qu'il se mette en accord avec lui-même, il y avait urgence.

Il ajoute : tout de même, je me suis souvent demandé s'il avait pu aller vous rejoindre (le romanesque de ça, la folie de ça). Maintenant, je sais que non.

Je l'interroge du regard.

Il dit : après sa mort, il a bien fallu vider la maison. Ça a été vite fait, il ne possédait presque rien, il vivait dans une grande frugalité, il refusait même l'argent que je lui proposais. Mais, dans le tiroir d'une armoire, bien rangées, et même cachées soigneusement, j'ai trouvé des lettres. Après les avoir lues, j'ai été très surpris qu'il les ait conservées. Encore plus qu'il ne les ait pas détruites juste avant de se donner la mort. Je suppose qu'il voulait que je les trouve. Je suppose qu'elles remplacent la lettre d'adieu qu'il n'a pas écrite, qu'elles fournissent l'explication qu'il n'a pas donnée.

D'abord, il y a les lettres à lui adressées. Elles émanent toutes du même homme, elles datent de peu de temps avant son retour en Charente. On comprend facilement que l'homme est son *amant* (l'enfant prononce le mot sans vaciller, sans jugement) mais qu'ils ne vivent pas ensemble. On comprend que leur relation est secrète, qu'elle se joue à l'abri des regards. L'homme n'en peut plus de cette clandestinité. Il écrit qu'il souhaite vivre avec Thomas au grand jour, qu'il ne veut plus continuer à se cacher, que ça le ronge comme une maladie, on comprend que l'amour et le silence le rongent pareillement. Un jour, il fixe un ultimatum. Il écrit que, si Thomas refuse sa demande, vivre avec lui, alors il préfère encore le quitter pour toujours. Qu'il est au bout, qu'il n'ira pas plus loin si les choses ne changent pas radicalement.

Lucas précise que la dernière lettre date de la veille du retour de son père en Charente. Thomas n'a pas cédé à la menace, pas cédé à l'amour non plus peut-être. Il est parti, il a devancé la rupture.

Je songe : à la fin, il se sera caché toute sa vie, mutilé toute sa vie. Malgré son grand départ, son ambition d'une nouvelle existence, il sera retombé dans ses travers, sa honte, son impossibilité à aimer durablement.

Je pense à ceux que j'ai croisés à l'occasion de rencontres en librairie, ces hommes qui m'ont avoué s'être menti, avoir menti pendant des années, des années, avant de s'assumer enfin, de tout quitter pour tout recommencer (ils se reconnaîtront s'ils lisent ces lignes). Il n'aura pas eu leur courage.

Je dis : courage, mais il s'agit peut-être d'autre chose. Ceux qui n'ont pas franchi le pas, qui ne se sont pas mis en accord avec leur nature profonde, ne sont pas forcément des effrayés, ils sont peut-être des désemparés, des désorientés ; perdus comme on l'est au milieu d'une forêt trop vaste ou trop dense ou trop sombre.

Le fils poursuit son récit. Dans le tiroir se trouvait une autre lettre, enfermée dans une enveloppe cachetée, légèrement jaunie, sans mention d'un destinataire. Il n'a pas pensé que ça pouvait être rien du tout, une facture, un document officiel. Il l'a ouverte avec un peu d'appréhension ; en fait, il redoutait que son père y ait couché ses dernières volontés, car, comme il l'imaginait, celle-ci, il en était l'auteur.

Il dit : en fait, c'est une lettre écrite il y a très longtemps, et jamais envoyée. Elle vous est adressée. Elle commence par votre prénom. Elle date du mois d'août 1984.

Je scrute Lucas. L'enchaînement des révélations crée un effet de saturation, comme lorsqu'un amplificateur ne peut pas délivrer davantage de puissance.

Pour échapper à la distorsion de ce son que je suis le seul à entendre, je dis : tu l'as lue ? Il répond que oui. Et juste après, il la sort de la poche de sa veste et me la tend. Elle est pliée en deux, un peu froissée. Il dit : c'est pour ça que j'ai demandé à vous voir, pour vous la remettre.

Il ajoute : je préfère que vous la lisiez plus tard, quand je ne serai plus là, parce que c'est une histoire entre lui et vous, juste entre lui et vous.
Je réponds que c'est d'accord. Je me saisis de la lettre. Je me demande s'il ne craint pas plutôt ma déconfiture et souhaite m'épargner d'en être le témoin.

Après ? Après, c'est le silence. De longues minutes de silence. Parce qu'il n'y a plus rien à dire, parce que tout a été dit, parce qu'il n'y a plus qu'à se séparer désormais, mais on n'y arrive pas, on n'en est pas capables, en réalité on voudrait rester ensemble encore un peu, retenir le moment, parce qu'on devine que c'est le dernier moment, qu'il n'y en aura plus.

Je finis par dire : tu vas faire quoi maintenant ?
Il dit : repartir en Californie, j'ai pris un billet sur le vol de dimanche matin. Je rentre chez moi, parce que c'est là-bas chez moi. Je n'ai plus rien à faire ici, je n'ai plus d'attaches.

Encore le silence. Encore des minutes blanches. Encore les regards encastrés. Encore l'imminence retardée de la dislocation.

C'est lui qui reprend la parole : et vous ? Vous allez écrire sur cette histoire, n'est-ce pas ? Vous n'allez pas pouvoir vous en empêcher.

Je répète que je n'écris jamais sur ma vie, que je suis un romancier.

Il sourit : encore un de vos mensonges, pas vrai ?

Je souris en retour.

Je dis : tu me le permets ? Tu me permets d'écrire sur cette histoire ?

Il dit : moi, je n'ai rien à interdire.

Finalement, il se lève et je l'imite avec un temps de retard. Il me tend la main, prend congé de moi, sans rien ajouter. Tout de même, le geste dure un peu plus longtemps que ce que la tradition exige. Et quand les mains se détachent, les doigts se frôlent. Nulle ambiguïté, simplement ce qui est nécessaire pour en terminer avec le caractère unique, *incomparable* de ce qui vient de se produire.

Je le regarde s'éloigner, descendre l'escalier, sortir du café, sortir du champ. Je suis empli de gratitude et pétri de désarroi.

Je me rassois, la lettre de Thomas est encore pliée dans ma main gauche. Je songe qu'il faudrait ne pas la lire, à quoi bon, ça ne pourra que me faire mal, et il n'aurait pas souhaité que je la lise, sinon il l'aurait envoyée. Cependant, la conviction de Lucas me revient : *je suppose qu'il voulait que je les trouve, ces lettres*. Alors je déplie la feuille, les mots écrits m'apparaissent et c'est la voix de Thomas que j'entends, sa voix de 1984, sa voix de notre jeunesse.

Philippe,
Je vais partir en Espagne et je ne vais pas revenir, en tout cas pas tout de suite. Toi, tu vas rejoindre Bordeaux et je me doute que ça ne sera que la première étape d'un long périple. J'ai toujours pensé que tu étais fait pour les ailleurs. Nos chemins se séparent ici. Je sais que tu aurais aimé que les choses se passent autrement, que je dise des mots qui t'auraient rassuré, mais je n'ai pas pu, et, de toute façon, je n'ai jamais su parler. À la fin, je me dis que tu as compris. C'était de l'amour évidemment. Et demain, ça sera un grand vide. Mais on ne pouvait pas continuer ; tu as ta vie qui t'attend et moi, je ne changerai pas. Je voulais juste t'écrire que j'ai été heureux pendant ces mois que nous avons passés ensemble, que je n'ai jamais été aussi heureux, et que je sais déjà que je ne serai plus jamais aussi heureux.

*Ce volume a été composé et mis en pages
par ÉTIANNE COMPOSITION
à Montrouge.*

Imprimé en France par CPI
en mars 2021
N° d'impression : 2056904

Pocket – 92 avenue de France, 75013 PARIS

Suite du premier tirage : mars 2021
S30642/04